LES

DÉCIUS FRANÇOIS,

TRAGÉDIE.

OU

LE SIÉGE DE CALAIS,

SOUS PHILIPPE VI.

Par M. DE ROZOI.

A PARIS.

hez ROBIN, Libraire, rue des Cordeliers,

M. DCC. LXV.

A MONSEIGNEUR
LE DUC
DE GRAMMONT,
PAIR DE FRANCE.

ONSEIGNEUR,

QUAND le malheur ou l'envie m'arrêtent au premier pas que je fais dans la carriere des Arts, vous prenez soin de me venger, en agréant l'hommage que je vous consacre de mon premier essai dans le genre Dramatique ; c'est un dédommagement aussi glorieux pour mon esprit que pour mon cœur. Il y a dans tous les tems des prétendus Mecênes qui s'arrogent le droit

a

de fixer la Renommée, & de ne lui laisser de voix que la leur : leur orgueilleuse fierté joue les connoissances & le bon gout ; l'Homme de Lettres a trop souvent à rougir de leurs éloges & de leur protection. Mettre une heureuse égalité entre les beaux Arts & la grandeur, forcer à se souvenir de la votre par l'oubli généreux que vous paroissez en faire ; voilà, MONSEIGNEUR, ce qui vous acquiert tant d'empire sur les cœurs. Cultiver ces mêmes Arts, en faire votre plus chere étude, en connoître les détails les plus délicats ; voilà ce qui vous met au-dessus de ce mérite si vulgaire de n'avoir que de l'esprit. Je n'ajouterai rien à ces deux traits: je ne serois que repeter ce que disent chaque jour, MONSEIGNER, ceux qui ont le bonheur de vous approcher. Je sçais que les louanges n'importunent véritablement que celui qui les mérite: & vous ne pardonnerez celles que la vérité vous a consacrées, en faveur de celles que taira le profond respect avec lequel je suis

MONSEIGNEUR,

Votre très-humble & très-
obéissant serviteur,
DE ROZOI.

PRÉFACE.

QUAND un homme d'une humeur douce & paiſible croit voir l'injuſtice ou la jalouſie lui diſputer le prix de ſes travaux, attaquer, ou ſon cœur, ou ſon eſprit, il s'irrite enfin : l'indignation fait parler la vérité. Les objets de ſes plaintes lui font un nouveau crime de ces mêmes plaintes qu'ils lui ont arrachées.

En 1762, à l'âge de vingt ans, je fis tenir à Meſſieurs les Comédiens François la Tragédie que je donne au Public aujourd'hui. L'incognito que je gardois alors étoit une ſauvegarde pour mon amour-propre ou pour ma timidité. Ma Piéce reſta près de ſix ſemaines entre les mains de ſes Juges-nés. Au bout de ce tems on demanda à voir l'Auteur. On avoit, diſoit-on, pluſieurs choſes à com-

muniquer. Je me préfentai ; mon manufcrit
me fut remis dans le filence le plus religieux.
J'ofai faire quelques queftions avec un refpect
auffi religieux que le filence pouvoit l'être.
Le Député avoit fans doute dans fes inftruc-
tions d'être muet.

Quelques jours fe pafferent, & bientôt
j'entendis fe repandre le bruit que Monfieur
de Belloy traitoit le même fujet. Ma Piéce
fut préfentée onze mois avant que la fienne
fut feulement achevée. Je penfois alors que
mon Ouvrage méritoit au moins quelques
réflexions de la part de ceux qui en avoient
fait lecture. Je trouvois étrange que dans
une affemblée de tant de perfonnes, une feule
fut choifie pour décider fi ma Piéce méritoit
une lecture générale. J'avois tout le bouil-
lant de la jeuneffe ; j'en eus auffi toute l'imprudence. On m'en fit un crime, & de
quoi ne vous en fait-on pas ? On vous
condamne également de parler & de vous
taire.

Deux ans de réflexions ont bien changé

toutes mes idées. Je reconnois enfin ma hardieſſe & ma témérité. Avois-je des droits à balancer l'Auteur de *Titus* & de *Zelmire*. Cette queſtion dont la négative ne ſouffre plus de difficultés, étoit alors problématique pour moi. Un Homme de Lettres, nommé *M*....., connu par pluſieurs ouvrages, eſt mort dans un hôtel garni, ayant pour voiſin un autre homme, qu'on dit être un Littérateur. Avant de mourir il avoit lû, à des gens reſpectables que je connois, une Tragédie, qui depuis a paru ſous le nom de ce voiſin Littérateur. Ce fait, que je donne pour authentique, & la hardieſſe qui a mérité le ſuccès le plus ineſperé à un autre Compilateur de ſcènes pour qui on gageoit toujours de nouvelles chûtes, m'avoit rendu croyable un autre fait, que je declare ne plus croire. On prétendoit qu'un certain Auteur avoit remis ſa Piéce entre les mains d'un homme dont le nom fait autorité, pour lui en dire ſon avis. Ce reſpectable Cenſeur s'occupoit à en faire la lecture, quand une perſonne de ſa connoiſsance le vint voir, & lui demanda seulement le titre de l'ouvrage qu'il lisoit. Leur étonnement fut réciproque, quand ce dernier lui promit de lui envoyer le manuscrit d'une Piéce qui portoit le même titre.

Le manuscrit fut envoyé, confronté, reconnu semblable. Le soi-disant Auteur revint quelques jours après, fort empressé de recevoir les complimens qu'il attendoit. On lui montra le double manuscrit. Le dénouement devenoit tragique. Pâlir, hésiter, perdre la voix furent les effets de cette vue fatale. On annonça un Etranger. L'apropos de ce secours sauva le pauvre patient. Il s'enfuit, mais le funeste manuscrit est resté entre les mains de ce dépositaire si rédoutable.

A tous ces faits s'en joignoit un autre plus conséquent encore pour moi. Tandis que ma Piéce étoit entre les mains du Censeur, nommé par l'Assemblée pour la juger, je fus prié d'en faire la lecture dans un cercle nombreux, tenu chez un de mes parens. Un homme de la compagnie, que je voyois pour

là premiere fois, avoit fur lui le manufcrit
de ma Piéce. Cet homme m'avoua être le
confeil de mon Juge, & j'ai fçu depuis qu'il
étoit encore celui d'un ami de M. *de Belloy*.
Il ne manque à tous ces faits que les noms des
perfonnages; & fi l'on ofoit m'en prefler,
j'en donnerois la lifte fans hefiter. De nouvelles lumiéres l'ont importé fur ces foup-
çons.

Je comprens enfin qu'un foible effai ne
devoit point être mis en parallele avec les
ouvrages d'un homme dont les fuccès avoient
été deja fi brillans. Un Auteur qui avoit fur
moi l'avantage d'avoir égalé les chefs-d'œu-
vres de nos grands maîtres, devoit avoir
une connoiffance du théâtre qui me manque
fans doute. Cette connoiffance du théâtre
l'avoit conduit à des réflexions fçavantes,
dont mes idées étoient bien éloignées.

Les Comédiens reprochent aux jeunes Auteurs de ne connoître pas le théâtre. J'avois
cru jufqu'ici que l'intérêt, les perfonnages
bien foutenus, la vivacité du dialogue for-

moient une bonne Piéce. Je croyois que lorſ-
qu'on avoit étudié ces trois objets on con-
noiſſoit l'art dramatique. Le miſtere de mon
ignorance m'a été developpé, & je dois
cette découverte à l'auteur de *Zelmire.*

Une piéce ſimple, où le plan & la diſtri-
bution des ſcènes n'offrent qu'un action une,
ſans incidens compliqués, où l'intérêt eſt
pour l'ame, où le ſpectacle n'eſt qu'acceſ-
ſoire, m'avoit juſqu'alors paru le dernier
effort de l'eſprit humain. Je m'étois trompé,
& je l'avoue de bonne-foi. Des ſituations
multipliées, inattendues, des incidens fré-
quens qui menagent des recits, des ſurpri-
ſes, de l'extraordinaire ; voilà ce qui prouve
le genie. Il eſt deja ſi loin de la nature
que des Rois & leurs confidens ſe parlent en vers, que je croyois que le Dialogue
dramatique devoit être noble & grand par
ſa ſimplicité. Nouveau préjugé ! La poëſie
épique doit y prodiguer ce qu'elle a de plus
riche ; on peint tous les objets, & ces détails
pompeux ont ſuccédé à l'ennui d'un ſenti-

ment trop doucereux, ou d'un raisonnement trop suivi. Le précepte d'*Horace* est rempli ; *la poësie doit être une peinture*, & qu'on se plaigne après cela de la décadence du goût !

Après cet hommage rendu aux talens de mon émule, après cet aveu de sa supériorité, je passe à celui de ma foiblesse. Il n'est presque point de héros qui n'ait été battu quelquefois. Je peux lui dire, *ton bras est invaincu, mais non pas invincible*. J'ose offrir au Public mon Ouvrage avec tous ses défauts. Dans l'instant où je le soumets à son Jugement, je le présente à Messieurs les Comédiens, & ce jugement sera, je l'espere, autorité pour leur refus ou pour leur agrément. J'ai suivi l'histoire avec une scrupuleuse exactitude. L'épisode de *Julie*, qu'on m'a dit effacer l'intérêt principal, non-seulement y est lié intimement, mais encore est consacré par les fastes publics. Dans une Chartre de la ville de *Calais* de l'année 1348, il est expressément marqué que la femme d'*Eustache de S. Pierre* voulut se devouer

pour fon mari. Il n'eſt point indigne de la
majeſté de l'hiſtoire de remarquer que les
deux ſexes alors montrerent une égale valeur. D'ailleurs ce fait trop ignoré méritoit d'être conſacré plus authentiquement.
Le perſonnage de *Julie* n'eſt pas plus épiſo-
dique que celui d'*Euſtache* lui-même. Que
n'eſt-il poſſible que ma Piéce fut comme
celles de nos grands maîtres un monument
pour la poſtérité ? Les citoyennes de Calais, ſans doute, cheriroient l'Auteur citoyen, qui dans un même ouvrage auroit
conſacré leur gloire & celle de leurs époux.

Il eſt dans toutes les ſociétés de ces ob-
ſcurs cenſeurs, qui n'oſent jamais critiquer
un ouvrage devant ſon Auteur. Hommes vils
& rampans où vous ſoupçonnez cet auteur
de ne pouvoir ſoutenir la vérité, & en cela
vous l'outragez ; où vous vous défiez de
votre critique, & votre ſoin à profiter de ſon
abſence vous trahit. Reptiles abjectes que
ne puis-je vous nommer ! j'aurois ſans doute
l'honneur de vous faire rougir pour la pre-

mière fois. Plus d'une fois cette espèce de
frelons a bourdonné sourdement contre moi.
Des amis fideles m'ont averti qu'on trou-
voit que mon rôle d'*Emilie* effaçoit celui
d'*Euslache*. Ce reproche tombe de lui-même.
Le premier de ces rôles est celui d'une Spar-
tiate qui dit sans cesse à son fils, *meurs ou
tue*. Le second est celui d'un brave homme,
qui ne croit point qu'il faille être un barbare
pour être un héros. Si *Euslache* n'étoit point
bon pere, bon époux, bon ami & fils tendre;
si les différentes affections d'une ame sensible ne signaloient point les combats du pa-
triotisme & de la nature, *Euslache* n'inté-
resseroit point; & j'avouerai que les instans
où il s'arrache à sa femme, à sa merc, à ses
enfans, m'ont coûté des larmes en écrivant.
Peut-être mon imagination m'a-t-elle abusé!
Dans cette carriere difficile, où je suis entré
dès l'âge de vingt ans, je ne forme encore
que des pas chancelans. O vous, qui connoissez ce qu'éprouve un cœur avide de
gloire, ames sensibles qui goûtés plus de

plaifir à encourager qu'à critiquer ; c'eft à
vous que j'adreffe cet Ouvrage. Plus d'un
fujet a été traité par plufieurs auteurs. Quoi-
que mon Ouvrage ait été préfenté onze mois
avant que celui de mon émule fut achevé ;
il l'emporte fur moi, il le mérite fans doute.
Mais j'efpere occuper au moins la fcène à
mon tour. S'il étoit poffible que la feule
lecture méritât de vous intéreffer, uniffez
vos voix, & que leur unanimité par un fuf-
frage cher à ma fenfibilité triomphe de cette
envie toujours renaiffante qui verfe fon poi-
fon fur tous les jeunes candidats.

J'avoue tous les reproches que l'on m'a
fait avec une fincérité digne, peut-être, d'un
meilleur fort. On a trouvé mauvais que l'un
des Capitaines Anglois qui conduifoient le
fiege fous les ordres d'*Edouard*, affiftât au
Confeil des Calaifiens. L'hiftoire dit expref-
fement qu'il s'y trouva. Ce fait, un des plus
mémorables de notre hiftoire mérite, je crois
que j'en faffe ici une courte narration. Mes
lecteurs n'en connoîtront que mieux ma fcru-
puleufe exactitude.

L'Angleterre livrée aux diffensions domeftiques fous le foible & malheureux *Edouard* II. avoit pris une nouvelle exiftence fous fon fils *Edouard* III. *Philippe de Valois*, fon rival, éprouva dans fa rivalité à-peu-près le même fort qu'éprouva depuis *François* premier contre l'Empereur *Charlequint*. *Philippe* avoit plus de vertus : *Edouard* étoit plus brillant. L'impénétrable politique du Monarque Anglois lui affura une fupériorité toujours foutenue , contre le Monarque François qui avoit toute la droiture & la franchife d'un loyal Chevalier. Les mœurs étoient alors groffieres , les vices effrenés. Les citoyens commençoit à n'être plus ferfs ; mais le commerce n'en étoit pas plus floriffant. On étoit indigent & faftueux. *Louis XI.* n'avoit point encore mis les Rois *hors de page.* Les Monarques François renouvelloient fous chaque regne ; ce qu'alors faifoit voir le redoutable *Edouard.* Il étoit Vicaire du foible *Louis de Baviere*, & le Vicaire foudoyoit fon Empereur. La nation

Angloife n'étoit point même auffi éclairée
que fa rivale ; mais fes alliances avec la
Flandre, & le commerce de fes laines fi né-
ceffaires aux manufactures de *Bruges* & de
Gand fourniffoient de temps à autres des
reffources d'argent. *Edouard* n'étoit point
religieux fur le fait de l'honneur ; mais il
étoit grand guerrier & grand politique. Il
achetoit à fon fervice tous les Seigneurs
que leur luxe & leurs dépenfes avoient mis
hors d'état de faire honneur à leurs enga-
gemens. Dans cette journée fanglante où
tant de Nobleffe Françoife fut égorgée ; dans
cette bataille de *Crecy*, fi fatale à *Philippe*,
fi glorieufe à *Edouard*, plus d'un Seigneur
François combattoient fous les bannieres
de l'Anglois. Dans toutes les marches, dans
tous les campemens qui précéderent cette
trifte jounée, *Philippe* ne pût faire un pas
fans que fon ennemi le prevînt. Il étoit trompé par ceux mêmes qui lui paroiffoint fideles.

Edouard, vainqueur à *Crecy*, voulut profiter de fa victoire en mettant le fiege de-

vant *Calais*. Il l'inveſtit au mois de Septem-
bre : des fortifications, redoutables , une
garniſon nombreuſe , un Gouverneur in-
telligent & brave rendoit ce ſiége une en-
trepriſe digne du courage d'*Edouard*.

Jean de Vienne étoit le héros chargé de
défendre & de conduire ce peuple de guerriers. La place fut inveſtie , & le crime trop
commun alors de trahir ſon maître , hâta
encore ſa priſe.

Le célebre & coupable *Robert d'Artois ,*
Comte de *Beaumont* , avoit donné un exemple qui ne fut que trop ſuivi. Il avoit porté
la flamme & le fer au ſein de ſa Patrie , &
ravagé les pays qu'il eût dû défendre. Le
Comte d'*Harcourt* l'imita. Il fut Marechal
Général d'*Edouard* : il alluma lui-même les
flambeaux qui mirent alors la Normandie en
cendres. Il vint depuis , la corde au col ,
ſe jetter aux genoux de *Philippe* , qui lui
pardonna ; mais les maux qu'il cauſa n'en
avoient pas moins dévaſté une des plus bel-
les Provinces du Royaume. A ſon exemple

les Entrepreneurs chargés par le Roi de faire
paſſer des vivres à *Calais*, détournerent à
leur avantage les ſommes qui leur avoient
été confiées. Le ſort de *Philippe* étoit d'être
trahi ſans pouvoir à peine ſoupçonner les
traîtres.

Au bout d'un an la Ville ſe trouva réduite aux plus cruelles extremités. Les ani-
maux les plus vils aſſouvirent la faim des
aſſiégés ; mais quand cette affreuſe reſſource
manqua elle-même, il fallut ſonger à ca-
pituler. *Philippe* tenta envain de ſecourir la
Place. Il envoya les Sires de *Neſle*, de *Ri-
baumont*, de *Charni* & le Marechal de *Beau-
jeu* offrir la bataille à *Edouard*. L'Anglois ſe
contenta de braver ſon rival, en condui-
ſant ces quatre Seigneurs dans tous les ouvrages qu'il avoit multipliés pour défendre
ſon camp. *Jean de Vienne* demanda à parler. Le Monarque Anglois lui envoya *Gau-
tier de Mauny* pour conferer avec lui. Deux
braves s'eſtiment mutuellement. *Mauny* rap-
porta à ſon Roi les prieres du Gouverneur ;
il

il appuya les droits de la bravoure des rai-
fons les plus propres à intéreffer la gloire
& la pitié d'*Edouard*. Le vainqueur irrité
demanda que fix des notables de la Ville
vinffent *la hart au col, nuds pieds*, lui en
apporter de la Ville. Encore cet Arrêt
lui paroiffoit-il une grace. Ces fix victimes
devoient être traitées à fa difcretion.

Mauni, que dans ma Piéce j'ai nommé
Talbot, parce que ce nom m'a paru plus
propre à être mis en vers ; *Mauny* vint rap-
porter à *Jean de Vienne* l'Arrêt d'*Edouard*.
Ce refpectable Vieillard le pria d'affifter à
l'affemblée générale du peuple. A peine
Mauny eut parlé qu'un froid filence fut la
feule expreffion de la confternation & du fai-
fiffement qui s'emparerent de tous les cœurs.
Euftache de S. Pierre rompit le premier cet
affreux filence. Son exemple entraîna cinq
autres cœurs auffi vertueux. *Jean Daire*,
Jacques & *Pierre Wifan*, tous parens d'*Euftache*, le fuivirent dans le camp d'*Edouard*.
Mauny les conduifit au Monarque. Leur

Arrêt étoit porté & leur mort décidée dans le cœur de ce Prince altier. L'Exécuteur alloit frapper, quand la Reine d'Angleterre vint se jetter aux pieds de son époux, & demander la grace des dévoués. Elle l'obtint ; Et c'est au moment de ce pardon que finit l'intérêt & le sujet de la Tragédie.

Je n'ai point mis sur la scène la Reine d'Angleterre. Son rôle n'auroit pu être que très-épisodique & n'amener qu'un nœud étranger au fait historique, & qui eût nui à la simplicité de l'action. *Talbot*, au cinquiéme Acte, vient de sa part demander le pardon des dévoués, & j'ai cru avoir assez satisfait par là à ce que l'histoire doit à la mémoire de cette généreuse Princesse. Un drame ne doit point être didactique comme une histoire.

L'amour de *Talbot*, pour la femme d'*Eustache de S. Pierre*, & la sedition qu'excite cette femme trop tendre, sont deux traits absolument de mon invention. Le premier m'a semblé repandre plus d'intérêt sur le

rôle de *Talbot*, qui n'eut été qu'un envoyé, &
n'eut eu d'autre mérite que d'être le courier
de fon Maître. Le fecond n'eft qu'une fuite
de ce, que rapporte l'hiftoire, que le peuple accablé de miferes, força le brave *de
Vienne* à fe rendre, & refufa de combattre,
dès que le fecours envoyé inutilement par
Philippe, fe fut retiré. J'en ai fait *Julie*
Auteur, pour rendre plus frappant le con-
trafte de fa tendre foibleffe, & de la mâle
fermeté d'*Emilie*. Se fiant à la parole de
Talbot, elle veut empêcher fes Citoyens
de courir à une mort certaine : mais elle
met la Ville en danger, & ce danger me
femble augmenter l'intérêt.

Je n'ai plus qu'une obfervation à faire,
& je finirai par elle. l'Événement du Siége
de *Calais*, a donné lieu à un Roman de
même nom. Sa réputation dit plus en fa
faveur que ne feroient mes éloges : mais
Euftache de S. Pierre n'y paroît que fur
la fin de l'Ouvrage. Madame de *Granfon*
m'a paru plus propre à briller dans un

Roman, que dans une Tragédie, où la Majesté de l'histoire exigeoit dans les principaux personnages une liaison toujours suivie avec le fait principal. Que Madame de *Granson* fut supposée pour former l'intérêt, balancer entre son pere & son amant ; c'étoit une ressource qui m'a paru non - seulement étrangere à l'action, mais ridicule. Il n'est point naturel qu'*Edouard* donne à Madame de *Granson* le temps de dialoguer avec elle-même. Un pareil doute peut faire l'intérêt d'un instant, mais non le sujet de toute une piéce. Les personnages ne doivent paroître que dans des situations aussi possibles pour eux-mêmes, que pour les autres personnages liés d'intérêt à l'action principale. Ou je me trompe fort, ou dans plusieurs piéces nouvelles on a sacrifié les décences Théâtrales, le costume des mœurs à un merveilleux plus digne de la fable que de l'histoire, & tout-à-fait indigne de l'Art dramatique.

Persuadé que les licences en tout genre font des défauts, parce qu'il est de l'essence du génie de lutter contre les obstacles ; j'ai conservé l'unité de lieu, en plaçant le lieu de la scene dans l'espace qui est entre les ouvrages des Assiégeans, & les remparts de la Ville assiégée. L'histoire dit que le Gouverneur parut d'abord sur la breche pour parler au Capitaine Anglois.

Après avoir exposé ainsi & l'histoire & les raisons qui m'ont guidé en travaillant ; il ne me reste plus qu'à protester que je n'ai jamais eu la moindre notion de l'ouvrage de *M. de Belloy.* S'il se rencontroit dans les deux piéces de ressemblances frappantes , ce que j'ai dit au commencement de ma Préface, sera le mot de l'enigme.

J'attens avec respect ce que le Public jugera ; mais j'ai dû me mettre en état de lui prouver que le soupçon même du plagiât ne pouvoit tomber sur moi. Mon intention n'est point de recriminer ; mais comme je l'ai écrit à un homme que je ne nomme point, mais dont la réponse est un crime contre lui-même, en sachant ce que je dois aux regards refpectifs de la fociété, je fçais ce que je me dois à moi-même. Depuis que l'on a appris que je protefte au Public que ma Piéce eft achevée depuis plus de deux ans & demi ; on a ofé répandre dans le monde que celle de *M. de Belloy* eft enregiftrée depuis trois. Si cela eft vrai, elle ne put l'être alors que fur le titre. J'avoue qu'il eft des talens privilégiés ; mais on devroit fe fouvenir auffi qu'on ne doit point donner pour autorité ce qui n'eft qu'un abus de prédilection. Il y a loin d'une piéce achevée à une piéce enregiftrée fur le titre feul.

LES

DECIUS FRANÇOIS,

TRAGÉDIE.

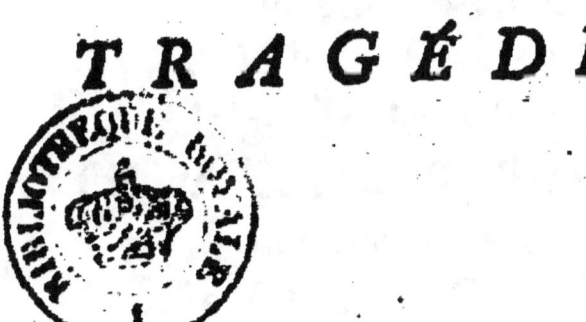

ACTEURS.

EDOUARD, Roi d'Angleterre,

JEAN DE VIENNE, Gouverneur de Calais.

EUSTACHE de Saint Pierre, Calaiſien.

EMILIE, mere d'Euſtache,

JULIE, femme d'Euſtache.

TROIS CALAISIENS.

TALBOT, Capitaine Anglois.

UN HERAULT D'ARMES Anglois.

UN SOLDAT Calaiſien.

PEUPLE DE CALAIS aſſemblé.

SOLDATS de la ſuite d'Edouard & de Jean de Vienne.

La Scène eſt dans l'eſpace qui ſe trouve entre la Ville aſſiégée & le Camp des Aſſiégeans.

LES
DÉCIUS FRANÇOIS,
TRAGÉDIE.

ACTE PREMIER.

SCENE PREMIERE.

JEAN DE VIENNE, PEUPLE
DE CALAIS *assemblé.* EMILIE,
JULIE, EUSTACHE.

JEAN DE VIENNE.

ABITANS de Calais, Héros à qui la mort
Est le moindre des maux que vous offre
le sort ;
Combattans généreux, dont les ames guer-
rieres ;
Bravent depuis un an, l'Anglois & ses Tonneres,
Que poursuit la famine & que noutrit l'honneur ;

A.

Dans un difcours affreux, que dicte le malheur:
Me reconnoîtrez-vous, & voudrez-vous m'entendre?
Dans ce jour,.... frémiffez, Amis, il faut vous ren-
    dre....
Vous rougiffez; mes yeux lifent fur votre front
La fierté des Héros, & l'horreur d'un affront.
Noble indignation bien chere à mon courage!
Sans doute d'un foupçon vous m'épargnez l'outrage;
Tous les de Vienne, Amis, donnent avec grandeur
Leurs biens à la Patrie, & leur vie à l'honneur.
Vous vous taifez.... Mon cœur explique ce filence.
Vous voulez tous combattre, allons à la vengeance:
Tentons le fer en main de plus nobles hazards,
Méprifons déformais le fecours des remparts,
Sauvons nous feuls; livrons aux Anglois fanguinaires
Nos Temples, nos Enfans, nos Femmes & nos
    Peres.
Couverts de notre fang déja vos fiers vainqueurs
Font de votre Patrie une Scène d'horreurs....
Je vois de toute part des Meres éplorées,
Preffer contre leur fein leurs filles déchirées,
Des Soldats furieux, des Vieillards expirans
De leurs corps, mais envain, couvrir vos Fils trem-
    blans.
N'importe ; de l'honneur ils tombent les victimes,
Ne les en plaignez point, fils, époux magnanimes..
Pourquoi frémiffez-vous ? Quelle morne pâleur
Peint fitôt dans vos yeux la triftaffe & l'horreur.
Eh! N'en rougiffez point ; aux cœurs tels que les
    vôtres,
Il eft beau de pleurer fur les malheurs des autres,
Quand depuis plus d'un an, fans fecours, fans repos,
Vous bravez les horreurs de deux affreux fléaux,
Eh! Que prétendez-vous ? Sauver votre Patrie....;
Sauvez-la, rendez vous, l'Anglois vous juftifie,

Oui, vos murs contre lui vous prêtent leurs secours;
Mais, pourquoi tiendrez-vous? Comment? combien
     de jours?
Des fautes du destin, vous peut-on faire un crime?
Qu'opposerez-vous donc au sort qui vous opprime?
La Gloire?... Mais la vraie est celle du devoir,
Le courage imprudent n'est plus que désespoir.
Vos murs?.... Mais ébranlés, se soutenant à peine,
Notre Ville bientôt ne sera qu'une plaine;
Lieux affreux! où l'on voit la nature & la faim,
La rage dans le cœur, se disputer leur pain.
De cadavres nourris, vous bravez la Nature:
Vos fils, vous vont-il donc servir de nourriture?
Cédons plutôt: le Ciel a laissé les humains
Arbitres de leur Gloire, & non de leurs destins.
Qu'il faille une victime, & la rançon est prête;
Pour vous aux ennemis j'irois offrir ma tête;
D'Edouard à l'instant j'attends un Envoyé.
Dans les offres, sans doute, il n'a point oublié
Que mieux on sçait combattre, & mieux on sçait
     se rendre;
Même en capitulant, nous allons nous défendre.
On vient, c'est ce Talbot, dont tant de fois le bras
A long-tems suspendu le sort de nos combats.

SCENE II.

TALBOT, JEAN DE VIENNE, PEUPLE DE CALAIS *assemblé.* EMILIE, JULIE, EUSTACHE.

JEAN DE VIENNE.

LE courage, Seigneur, cesse-t-il d'être un crime?
N'avons-nous point assez mérité votre estime?
De son ambition, Edouard suit les Loix;
Ce vice trop souvent est la vertu des Rois;
Mais la noble valeur aura des droits peut-être,
Eh, comment prétend-il traiter ce Peuple?

TALBOT.

En Maître.

EMILIE, *sortant de la foule des Calaisiens.*

En égal.... Dieu! quel nom veut-il de prononcer?
Qui ne craint point la mort ne sçait point s'abbaisser.

TALBOT.

Qu'entends-je? Quelle voix?

EMILIE.

Reconnois Emilie.
Te souvient-il du jour où ton Maître en furie
Repoussoit vers nos murs les nôtres accablés?
Du haut de nos remparts, je les vois ébranlés.
Un glaive en main, j'accours; je vois dans l'épou-
      vanse,

Fuir mon plus jeune Fils devant ta main sanglante,
J'allois à ce fuyard, redemander mon sang,
Et moi-même plonger un poignard dans son flan
Il a justifié ma trop juste colere ;
En le voyant mourir, je m'avoüai sa mere.
Si ton Maître prétend nous imposer la Loi,
Dis lui, qu'il ne connoît ni ce Peuple, ni moi.
Tu t'étonnes, Talbot : mais toujours le courage
Né connoît point de Sexe & moins encore d'âge.
Chers Citoyens, jurez par le Dieu des François,
Par l'Honneur & par Vous de refuser la paix,
S'il faut par un Traité né de l'ignominie,
Pour mourir à l'honneur vivre dans l'infamie.
Irez-vous dans les fers trop timides guerriers
Abbaisser sous le joug ces fronts ceints de lauriers ?
Le Prince des Anglois rend son hommage au vôtre :
Leur Maître est son Sujet, & son Peuple est le
    nôtre.

EUSTACHE, *tirant son épée.*

Nous jurons.

EMILIE.

Dieu ! Mon fils a le premier juré :
Le crime de ton frere est enfin réparé.
Ciel ! entend ce serment, & que la Renommée
Le proclame aux deux bouts de la France animée,
Parlez, Talbot ; surtout épargnez nous l'horreur
Des noms trop odieux de Maître & de Vainqueur.

TALBOT.

Seigneur, & vous François dont la noble défense
D'un Monarque puissant irrite la clémence,
Connoissez mieux mon Maître & le cœur des Anglois,
Fier sans ambition, modeste en ses succès,
Maintenant que le sort lui donne l'avantage,

Il veut de son pouvoir faire un plus noble usage :
Il vous laisse la vie, il pouvoit vous l'ôter ;
Mais par plus de délais n'allez point l'irriter.
Demain dès que la nuit pliant ses voiles sombres,
Le jour s'embellira de la fuite des ombres,
Vous viendrez à genoux subir sa volonté :
Un foible sexe seul aura la liberté.
Qui le punit s'abbaisse, & ce guerrier terrible,
Aux larmes des vaincus n'est point inaccessible.
Il lui permet encor pour soulager ses fers
D'emporter en fuyant ses trésors les plus chers.

JULIE.

J'accepte ce traité. L'amour & la tendresse,
Par leurs heureux transports, soutiendront ma foiblesse,
Femmes des Calaisiens, vos enfans, vos époux,
Sont sans doute les biens les plus chéris de vous,
Nous les enleverons... Généreuse Emilie...

EMILIE.

Songeons à leur honneur & non pas à leur vie,
On parle d'esclavage, & vous parlez d'amour,
Que me feroit à moi que mon fils vit le jour
S'il ne peut sans rougir soutenir ma présence ?
J'ai pû craindre pour lui, mais ce fut sa naissance :
Il pouvoit démentir mon heureuse fierté,
Mais puisqu'il joint l'honneur à l'intrépidité,
Je ne crains point sa mort. S'il tient de moi la vie
Avant d'être mon fils, il l'est de la Patrie.
Talbot dans votre camp quel sera donc leur sort ?
Edouard promet-il ou les fers ou la mort ?

TALBOT.

Il vous pardonnera, mais punira peut-être ;
Des Sujets doivent-ils interroger leur Maître ?

Une foi dans fon camp, s'il vous fait tous périr;
Affervis fous fes Loix ne fçachez qu'obéir...
Que ce champ qui du camp fépare votre Ville
Nous foit à tous commun, & que l'Anglois tran-
 quille
Y puiffe fans furprife aborder le François:
Cette nuit entre nous doit commencer la paix.

JEAN DE VIENNE.

Quelle nuit! quelle paix!

TALBOT.

Le fort vous eft contraire:
Confultez, choififfez ou la paix, où la guerre.
On vous laiffe la nuit.

JEAN DE VIENNE.

Moins de fierté Talbot;
L'excès de la vertu dégénere en défaut.
De ce peuple je vais recueillir les fuffrages:
Mais qui brave la mort ne fouffre pas d'outrages.

SCENE III.

JEAN DE VIENNE, PEUPLE DE CALAIS affemblé, EMILIE, JULIE, EUSTACHE.

JEAN DE VIENNE.

EH bien, chers Citoyens, quels font vos fentimens?
Je ne dois plus ici régler vos mouvemens.

Je ne m'attendois pas que toujours intraitable
L'Anglois nous offriroit une paix détestable.
Il vous faudroit demain... Je ne puis achever ;
Notre Destin...

EUSTACHE.

Seigneur, nous pouvons les braver.
Le Ciel nous a trahis ; n'avons-nous point nos armes ?
Oui, pour l'intéresser il faut plus que des larmes.
Si demain Edouard dans son camp nous attend :
Je m'y rendrai, mais libre & non tel qu'il prétend.
J'y chercherai le monstre & lache & sanguinaire
Qui vend à nos Tyrans son ame mercenaire :
Oui, du Comte d'Harcourt tout le sang répandu,
Dans le sang de l'Anglois coulera confondu.
Je mourrai satisfait, si des crimes d'un traître
Aux dépens de mes jours, je puis venger mon Maître.
Mais je jure en mourant, timides Calaisiens,
De vous désavouer pour mes concitoyens ;
Si... Mais quel mouvement ! pardonnez cette in-
jure ,
Du courage offensé seroit-ce le murmure ?
Eh bien, tous dès demain allons chercher la mort :
Ne pouvant le fléchir, faisons rougir le sort.
Quoi donc à la valeur est-il rien d'impossible ?
Est-ce un Dieu qu'Edouard ? Plus heureux qu'invin-
cible,
Il vainquit les François aux plaines de Creçy ;
Mais sans nos mécontens il n'eût pas réussi.
Il est toujours, Amis, des monstres en furie,
Qui pour boire son sang égorgent la patrie.
Demain un même esprit nous uniroit en tout ,
Et nos coups réunis ne formeroient qu'un coup.
Oui, je vois dans vos yeux naître l'impatience ;
Ma mere, leur valeur me tient lieu d'éloquence

Le nombre ne doit pas, François, vous effrayer ;
Armez-vous ; la valeur sçait se multiplier.
Dieux ! à quels sentimens êtes-vous donc en proïe ,
Brave de Vienne ?

JEAN DE VIENNE.

      Ami, ce sont des pleurs de joïe ;
La nature se plaît aux larmes des Guerriers:
Sur ma tête bien-tôt renaîtront mes lauriers.
Tes feux, jeune Héros, échauffent ma vieillesse ;
Vous me suivrez à peine intrépide jeunesse.
Mânes de ces Guerriers que Crécy vît périr,
Demain pour vous venger je veux vaincre ou mourir :
Et si le sort jaloux trahit ma noble audace,
Héros, auprès de vous daignez me faire place.
Allez, chers Citoyens prendre quelque repos :
Demain enfin doit mettre un terme à nos travaux ;
Gardez-vous de penser que ce combat célèbre
Soit au champ de l'honneur une pompe funébre.
Vous me verrez remplir au plus fort du combat
Tous les devoirs d'un chef avant ceux d'un soldat ;
Vous combattrez , amis : pouvez-vous être à plain-
    dre :
Moi, je prévoirai tout ; c'est à moi seul à craindre.

JULIE.

Seigneur, plus d'un succès a signalé vos coups.
Mais enfin, si le Ciel irrité contre nous ,
Aux malheurs de ce temps en ajoutoit un autre ;
Après ce jour affreux quel sort seroit le nôtre ?
Victimes des fureurs de barbares soldats ,
Sanglantes, arrachant vos filles de leurs bras ,
Maudissant leurs appas, le jour qui nous fit meres,
Peut-être en ce moment nous maudirons leurs peres.
Eh bien! avant d'aller à ces funestes champs,

Egorgez les Vieillards, vos femmes, vos enfans;
Nous vous excuferons : nos bouches expirantes
Prefferont, pour adieu, vos mains toutes fumantes,
Euftache, cher époux... tu détournes les yeux;
Tu me fuis par devoir.... frappe un fein odieux,
Ne me connois-tu plus ?

EMILIE.

Il doit vous méconnoître,
L'honneur plus que vos pleurs doit le toucher peut-
être.

JULIE.

Mais fi l'Anglois vainqueur vient nous donner la
Loi,
Sans époux, fans fecours, qui nous défendra ?

EMILIE.

Moi

JULIE.

Quoi, vous ?

EMILIE.

Moi-même, allez, honteufe de vos larmes,
Rougiffez, expiez vos indignes allarmes ;
Méritiez-vous mon Fils ?... Je veux, chers Citoyens,
Parler à votre Chef: Femmes des Calaifiens,
Ceffez de foupirer, je vais être le vôtre,
J'apporte à cet honneur plus de droit que tout autre;
Ou vos Epoux, ou moi, nous finirons vos maux ;
Chaque Sexe pour Chef doit avoir un Héros.
Allez.

SCENE IV.

JEAN DE VIENNE, EMILIE,

EMILIE.

N'ACCUSEZ point mon cœur d'être fauvage
Je fens avec mes maux croître auffi mon courage
Quand je me peins ma fille, expofée aux fureurs
De barbares tyrans fourds à la voix des pleuts,
La citoyenne enfin eft forcée à fe taire:
Et je fens treffaillir les entrailles de mere.
Alors, Seigneur, alors mon zele ingénieux
Interroge l'honneur fur ce foin précieux,
J'écoute en frémiffant la voix de fon oracle;
Mais envain la pitié voudroit y mettre obftacle,
Je fuis loin d'efperer que demain le fuccès
Couronne vos efforts au gré de nos fouhaits:
L'Anglois vous paffe en nombre, & fon heureufe
          adreffe
A de fon vafte camp fait une fortereffe,
Par moi-même demain mon deffein s'accomplit.
Mon cœur fe trahit-il ?... Quel trouble me faifit ?
Taifez-vous foible voix, d'une lâche nature,
L'honneur parle, il fuffit; ceffez votre murmure....
Quel nom me donnes-tu, ma fille, en expirant ?
Ah ! meurs fans me haïr : viens fur mon fein mou-
          rant;
Recueillir les baifers d'une mere attendrie,
Dont les derniers foupirs font tous à la Patrie...
Tu ne me réponds pas... Quels gouffres entr'ouverts !
Citoyennes ainfi je vous fauve des fers:
C'est moi qui fous vos pas allume ces tonneres:

Tombez murs, couvrez-nous, mourez femmes guer-
rieres....
Ma fille disparoit, ô spectacle d'horreur !

JEAN DE VIENNE.

Madame, quel transport ?

EMILIE.

Je suis mere, Seigneur.
Je rougis! Pardonnez un instant de foiblesse ;
Il sera le dernier qu'obtiendra ma tendresse.

JEAN DE VIENNE.

Ces combats, Emilie, illustrent les grands cœurs.
Les plus fameux Héros en répandant des pleurs,
De leur trop de grandeur consolent leurs semblables :
C'est en s'en rapprochant qu'on plaint les misérables.
Mais, quel est ce dessein ! Par quel triste fléau
Calais de ses enfans sera-t-il le tombeau ?

EMILIE.

Par moi, Seigneur, enfin apprenez ce mystère ;
S'il est un crime, au moins il sera nécessaire.
A peine vous aurez demain tenté le sort,
Que moi-même conduis nos femmes dans ce Fort
Où des lieux souterrains renferment ces salpêtres
Ministres de la mort, qu'ignoroient nos ancêtres.
Du haut de nos remparts je verrai le combat
La vertu trop souvent fait du Ciel un ingrat ;
Au moindre événement la flâme sera prête :
Vos yeux mourans verront se former la tempête ;
Nos murs fumans, détruits, tombant de toutes parts
Seront enfin pour nous d'invincibles remparts.
Ils enseveliront la vertu gémissante,
La tendresse allarmée & la beauté naissante.

Peut-être vos vainqueurs étonnés, attendris,
Arroseront de pleurs ces précieux débris.
Eh ! Que dis-je ? Pourquoi contraire à mon courage
Mêler quelque tendresse à cette affreuse image ?
Toujours nouveaux combats, toujours nouveaux
    efforts !
Seigneur, enhardissez mes trop foibles transports.

JEAN DE VIENNE.

Ah ! Vous vous suffisez, généreuse Emilie :
Est-il quelque Héros qui ne vous porte envie ?
Rentrons. Pour ce combat & terrible & sanglant
Je vais tout préparer, & j'y pense en tremblant.
Des jours de ces guerriers répondra ma prudence.
Comment est-il des chefs qui sans expérience
Osent aux ennemis conduire nos Héros ?
Ils n'en sont point les chefs, ils en sont les bourreaux ;
Je vole, le temps presse.

EMILIE.

        Allez, Seigneur, peut-être
Le destin étonné vous avouera pour maître ;
                  (seule.)
Et nous, encourageons nos timides esprits,
Des larmes d'une épouse allons défendre un fils :
Moi-même à son côté je ceindrai son épée ;
Et sa cuirasse, hélas ! de mes larmes trempée.
Si l'Anglois vient sévir dans nos murs éperdus,
Calais s'écroulera . . . . Mon fils ne sera plus.

Fin du premier Acte.

ACTE II.

SCENE PREMIERE.

JULIE.

(Le Théâtre est dans la nuit.)

NUIT, qu'une sombre horreur au crime trop pro-
pice
Des plus affreux forfaits rend souvent la complice,
Julie, en ces momens, implore ta faveur
Pour la vertu tremblante & la foible pudeur.
Où vais-je ?... Et dans ces lieux qui viens-je donc
attendre ?
Puis-je me le nommer ?.. Sexe foible & trop tendre
Ne peux-tu qu'en cédant te rendre le vainqueur,
Et faire des heureux qu'au prix de ton bonheur ?
Ne vient-on point ? Talbot... Tu l'as nommé Julie,
Pourquoi trembler ? Tu viens pour servir ta Patrie.
Il t'aime. Pour sauver tes chers concitoyens,
Pusses-tu balancer sur le choix des moyens!
Mais un seul t'est offert ; saisis-le. L'innocence
Craint le remords du crime & non son apparence,
Si l'on venoit... Mais quoi, la crainte du soupçon
Nous doit-elle défendre une belle action ?
On vient. Ah! Cher époux, puni de sa foiblesse,
Ton rival contre lui va servir ma tendresse.
Est-ce vous que j'entens, Talbot ?

SCENE II.

TALBOT, JULIE.

TALBOT.

QUE ce moment
Tardoit, Madame, au gré de mon empreſſement !
Hélas ! Depuis ce jour où ma timide flâme,
Fit à vos pieds l'aveu des tourmens de mon âme :
Six ans ſe ſont paſſés... La paix, la paix alors,
Laiſſoit plus d'eſpérance à mes triſtes tranſports.
Cependant votre cœur, & conſtant, & fidele
De lui-même aujourd'hui près de vous me rappelle,
Ah ! Madame, parlez ; qu'exigez-vous de moi ?
Que ferai-je ? Ordonnez....

JULIE.

Flechiſſez votre Roi.

TALBOT.

Qui ? moi ! J'avois penſé que jaloux de ma gloire
Pour moi vos vœux hâtoient une lente victoire.

JULIE.

Vous avez pu penſer, Talbot, qu'un cœur François
S'avilît à chérir les lauriers des Anglois !
Vous me connoiſſez mal, ſi Talbot étoit traitre,
S'il trahiſſoit pour moi ſon Pays & ſon Maître,
Objet de mes dédains, mépriſable impoſteur ;
Il trouveroit bientôt dans moi ſon délateur,

Et vous, chéririez-vous une femme infidelle !
Si l'amour avoit pu me rendre criminelle,
Je ferois déformais digne de vos mépris ;
Vos dédains de mes feux devroient être le prix.
Auriez-vous efperé que cette main perfide
Vous tiendroit le flambeau qui ferviroit de guide
Aux foldats effrenés, tyrans de mon pays ;
Que je vous livrerois mon époux, & mes fils ?

T A L B O T.

Que parlez-vous d'époux quand Talbot vous adore ?

J U L I E.

Et pour qui crois-tu donc ici que je t'implore ?
Répons, cruel.

T A L B O T.

      Un autre a reçu votre main !
Eh ! Que n'enfoncez-vous un poignard dans mon fein ?
Je croyois que l'himen d'une fainte alliance
De l'amour aujourd'hui payeroit la conftance.
Trop inutile efpoir ! .. Vous vengez-vous fur moi
Des maux de votre Ville, & des coups de mon Roi ?
Dans ce fatal himen les flambeaux de la guerre
Ont éclairé l'autel de leur pâle lumiere,
Ils le renverferont. ... De moi qu'attendiez vous ?
Que pourrois-je ?

J U L I E.

      Sauver mes fils & mon époux.

T A L B O T.

A vos defirs encor l'amour me rend docile,
Mais pour fauver fes jours il faut livrer la ville.
                    JULIE.

JULIE.

Vas le lui propofer, traître. Je reconnois
A tes hardis propos ton ame & les Anglois.
Depuis la guerre ainfi, forts par la perfidie
Contre elle vous armez les fils de la Patrie.
Lâches, jamais pour vous l'utile n'eft honteux ;
Vos rapides fuccès font des crimes heureux.
Mais, dût ce jour affreux, par une mort horrible
Me priver d'un époux, auffi cher que fenfible,
S'il falloit, ou périr, ou le deshonorer,
Je le verrois mourir fans ofer foupirer.
Crois-tu qu'il pardonnât à ma foible tendreffe
D'avoir à fon infçu promis quelque baffeffe ?
Trop fier pour la commettre, ou pour la confeiller,
En retirer le fruit eft pour lui s'en fouiller.
Mais fi dégénérant de fa vertu fublime
Il pouvoit m'avouer, & profiter du crime,
Je le punirois, moi, de s'être pu trahir,
Et je le haïrois de ne me point haïr.
Retire-toi, pour moi, ta vue eft un fupplice :
Quel affront tu me fais, tu me crois ta complice !...
Arrête ; par l'honneur mérite ton pardon,
Sauve la ville, fixe un prix à fa rançon,
Fixe-le, j'y confens : mais, qu'il foit légitime :
N'aime-t-on parmi vous que ceux qu'on eftime ?

TALBOT.

Ce prix eft votre amour.

JULIE.

En cherchant ton fecours ;
Dis-moi, cruel, de qui viens-je fauver les jours ?
Jamais avec ton cœur le mien d'intelligence
T'a-t-il fait des fermens d'amour & de conftance ;

B

Et depuis qu'en ces lieux j'ose t'entretenir,
T'ai-je parlé de toi ?... Tu m'as fait te haïr.

TALBOT.

Que dites-vous, Madame, & quel est ce langage ?
Ne m'avez-vous mandé que pour me faire outrage ?
D'un projet téméraire & si mal concerté,
Quel garant aviez-vous ?

JULIE.

Ta générosité.
Oui, par toi contre toi je sçaurai me défendre.
Ecoute moi, malgré les terreurs d'un cœur tendre ;
Aurois-je hazardé cet entretien fâcheux
Si je ne t'avois cru sensible & vertueux ?
Oui, ton cœur m'est, Talbot, plus connu qu'à toi-
                                        même :
Il aime plus la gloire encore qu'il ne m'aime ;
Le tien est généreux, le mien reconnoissant ;
Que l'ami paye en toi les dettes de l'amant.
Non, tu ne fus jamais de ces ames serviles
Que leur propre intérêt rend aux autres utiles.
Tu crois en obligeant, fier, désinteressé
Etre par le plaisir assez recompensé,
Mérite que pour toi mon ame s'intéresse :
Sers ton rival, ma ville ; allarme ma tendresse :
Fais que, par le devoir, réduite à t'estimer,
Je soupire en secret de ne pouvoir t'aimer.
Talbot, sans l'amitié point de douceur secrette :
Le plus grand amour, n'est qu'une amitié parfaite.
Quoi, tu te tais. L'amour auroit pu t'attendrir,
Et mon trouble ne peut t'arracher un soupir ?
Faut-il à tes genoux demander cette grace ?
Si tu m'aimas jamais... Talbot, je les embrasse.

SCENE III.

JEAN DE VIENNE, JULIE, TALBOT, SOLDATS.

JEAN DE VIENNE.

Quel nom viens-je d'entendre ? Arrêtez-les ;
  Soldats.
Que faites-vous ici ? Parlez.

TALBOT.

N'approchez pas
Ou ce fer à la main je défendrai ma vie.

JEAN DE VIENNE.

Quoi, Talbot, dans ces lieux ! O crime ! O perfidie

JULIE.

Seigneur, n'accusez point . . .

JEAN DE VIENNE.

Et Julie avec lui
Veniez-vous contre nous lui prêter votre appui,
Madame ? A ses genoux vous parliez de tendresse,
Indigne trahison, détestable foiblesse !
Il vous falloit encor leur ouvrir nos remparts ;
Vous-même armer leurs mains, aiguiser leurs poi-
  gnards.
Malheureux citoyens, que peut votre courage ?
Toujours la trahison vous immole à sa rage.
Ne crains point les efforts des Rois les plus puissans;

B ij

Tes plus grands ennemis, France, font tes enfans;
Je pourrois par les fers punir ta perfidie,
Talbot; mais c'eft affez de ton ignominie.
Retourne vers ton Maître & lui dis de ma part
Que Calais d'un combat veut tenter le hazard.
Dans deux heures au plus il apprendra peut-être
Ce que peut le François pour l'honneur de fon Maître,
Qu'il foit prêt : dis-lui bien, qu'il ne m'évite pas
S'il s'offre à moi, fa vue affurera mon bras.
Sors.

TALBOT.

Nous pourrons alors nous rencontrer, fans doute,
Je vengerai l'effort que ta fierté me coute.

JULIE.

Penfe plutôt, barbare, au fujet de mes pleurs.
Que t'ai-je demandé pour finir nos malheurs ?
Obéis,

TALBOT.

Imputez vos maux à ce barbare :
Pourquoi me retenir, lorfque tout nous fépare ?
Accufez maintenant mon cœur de lâcheté :
Dans ces funeftes lieux, je me fens arrêté.
Que dis-je, quel danger vient glacer mon courage ?
On vous croira coupable... ah ! trop affreufe image.
Madame, vous verrez le fuccés de mes foins :
Je vous aimerai plus, vous me haïrez moins.
Je fauverai vos jours, vous ferez obéie.

JEAN DE VIENNE.

Acheve, devant moi trame ta perfidie;
Vous n'en jouirez pas, complices odieux.

SCENE IV.

JEAN DE VIENNE, EMILIE, JULIE, TALBOT, SOLDATS.

EMILIE.

Ah! ma fille, Seigneur, feroit-elle en ces lieux?
Je la cherche par-tout.

JEAN DE VIENNE.

Vous voyez l'infidelle.

EMILIE.

Mérite-tu ce nom?

JEAN DE VIENNE.

Et Talbot avec elle.

EMILIE.

Ma fille quel deffein vous raffembloit ici?
Ces champs feront-ils donc d'autres champs de Crecy,
Et ce nouveau combat veut-il un nouveau crime?
Ah! Patrie, il vous faut enfin une victime;
L'époufe de mon fils a pu vous outrager.
Avec vous j'ai mon fils & ma gloire à venger.
Mais, non: j'en doute encor. Répons. Que vais-je
entendre?
Je voudrois m'éclaircir, & je tremble d'apprendre,
D'un entretien fecret étiez-vous convenu?

TALBOT.

Je l'avois demandé, je l'avois obtenu;

EMILIE.

Qui de vous le premier l'a proposé ?

JULIE.

Moi-même.

EMILIE.

Je frémis. Quel dessein soit conduite.

JULIE.

Il m'aime....

EMILIE.

Il suffit, je t'entens. Dieux ! quel forfait nouveau !
Que ne suis-je déja descendue au tombeau !
Toi, qu'adore mon fils ; toi qui me fus si chere
Est-ce ainsi que tu suis les leçons de ta mere ?
Tu me forces, cruelle ; à demander ta mort.

JULIE.

Ah ! Talbot, vous voyez quel doit être mon sort :
Si vous m'aimez encor, tenez votre promesse ;
Allez ; contre vous-même, obligez ma tendresse :
Revenez tout sauver, ou laissez moi mourir.

TALBOT.

Madame, je reviens : content de vous servir ;
De vos accusateurs confondant l'imprudence,
Le succès de vos vœux sera ma récompense,

SCENE V.

EMILIE, MONTMORENCY, JULIE, SOLDATS.

EMILIE.

MA fille.... Puis-je encore t'appeller de ce nom ?
Ou découvre ton crime, ou détruis mon soupçon.

JULIE.

Laissez-moi, mon secret. Voudriez-vous m'en croire,
Si je vous assurois que j'ai soin de ma gloire,
Que j'ai dû voir Talbot, que j'ai dû l'écouter ?
Me défendre, seroit encore vous irriter.
Vous ne connoissez pas mon véritable crime !
Mon cœur n'a pu sur lui faire un effort sublime :
Vous devez m'en punir, j'ai mérité vos coups,
Frappez, ce crime fut... d'aimer trop mon époux.

EMILIE.

Cruelle ! Chaque instant redouble mes allarmes.
Explique-toi du moins, prens pitié de mes larmes.

SCENE VI.

JEAN DE VIENNE, EUSTACHE, EMILIE, JULIE, SOLDATS.

EUSTACHE.

Ah! ma mere, Ah! Seigneur, nous sommes tous
     trahis :
Une affreuse discorde agite les esprits.
On voit de toutes parts des enfans & des meres
Pousser des cris, tomber aux genoux de leurs peres.
La vieillesse tremblante, & la tendre amitié
Mêlent à leurs frayeurs la rage & la pitié;
Nos Guerriers éperdus, vaincus par leur tendresse,
Même en rougissant, cédent à leur foiblesse.
Périsse pour jamais l'odieux séducteur
De cet affreux complot, trop exécrable auteur;
Que ses fils furieux s'arment contre leur pere,
Que l'époux dans sa rage assassine la mere.....

JULIE.

Arrête, cher Epoux.

EUSTACHE.

       Je tetiens mon serment.
Cieux, ne l'écoutez point... Affreux pressentiment!
Julie!... Ah! tu frémis!... Garde-toi de répondre.

EMILIE.

Non, perfide, il est tems enfin de te confondre
                JULIE;

JULIE.

Mes pleurs vous ont tout dit. L'amour trop délicat,
Redoutant le succès d'un funeste combat,
Aux pieds de leurs époux m'a fait jetter nos femmes,
Et de mon propre effroi j'ai sçû remplir leurs ames.
Punissez mon forfait.

EUSTACHE.

     Que ne me laissois-tu,
Barbare, la douceur de croire à ta vertu?
Par toi, nos Citoyens, au devoir infidèles,
Sont de lâches Soldats, & des Sujets rébeles.
Tu mérites la mort.... Rends ton cœur à sa foi,
A nos murs leurs guerriers, tout un Peuple à son
  Roi.

EMILIE.

Ton crime est donc connu!

EUSTAHE.

     Cachez moi ce mystère,
Pour m'en désabuser mon erreur m'est trop chere.

EMILIE.

On trahit la Patrie, & tu verses des pleurs?
Cherche un objet au moins digne de tes douleurs:
Avoueras-tu, mon fils, une épouse perfide,
Pour le crime hardie, & pour le bien timide?
Si tu sçavois.....

EUSTACHE.

    Parlez, quoi toujours l'accuser;
Et quand penserez-vous enfin à l'excuser?

EMILIE.

Toi-même, on te trahit.

       C

EUSTACHE.

Que dites-vous, cruelle ?
Elle peut-être lâche & non pas infidelle.

EMILIE.

Qui trahit son pays, peut trahir son époux.
On l'a surpris ici, attendrie, à genoux.
Talbot est ton Rival.

EUSTACHE.

Que dites-vous ?

EMILIE.

Il l'aime.
Il lui parloit d'amour.

EUSTACHE.

Qui l'entendit ?

EMILIE.

Moi-même.
Il lui promit d'oser bien-tôt la délivrer :
L'Ingrate devant moi le lui faisoit jurer.
Verse lâche des pleurs ; sa mort est résolue :
Je vois naître l'horreur en ton ame éperdue ;
Vas, tu n'est plus mon fils... & vous vengeur des
Rois,
Seigneur, faites briller enfin le fer des loix :
L'impunité conduit à la Scélératesse,
Et le trop de bonté passe enfin pour foiblesse.
Vous devez un exemple,

EUSTACHE.

Et tu ne réponds pas
Cruelle ! sur le point de marcher au trépas :
Que te vouloit Talbot ?

JULIE.

Je prenois ta défense,
Et pour sauver tes jours, je tentois sa clémence.

EMILIE.

Et pour en disposer ses jours sont-ils à toi?
Il les doit à l'honneur, il les doit à son Roi.
Malheur au cœur perfide, & né pour l'infamie;
Qui pour se conserver expose sa Patrie.
Voulois-tu qu'il vécut pour nous voir au tombeau?
Quand l'honneur est perdu, la vie est un fardeau.
Qu'importe la tendresse, & son foible murmure?
Nos jours sont pour l'Etat, les pleurs pour la na-
        ture.

JEAN DE VIENNE.

Que vous m'êtes cruels, grands Dieux! Un jour de
        plus
Eût fixé pour jamais le sort de leurs vertus.
Qu'on l'enchaîne, Soldats. Que son supplice effraye
Ceux, que pour nous trahir, l'Anglois séduit ou
        paye.
Tes lauriers sont flétris, Peuple ingrat! qu'as-tu
        fait?
François, êtes-vous nés pour commettre un forfait?
Compagnons de ma gloire, appuis de ma vieillesse,
C'est ainsi qu'aujourd'hui vous payez ma tendresse:
Allons leur découvrir ce sein cicatricé.
Ils compteront les coups dont l'honneur l'a percé:
Oui, la voix du remords dans une ame guerriere,
Gronde plus fortement que celle du Tonnere.
Suivez-moi.

JULIE.

Cher Epoux, je meurs sans murmurer,

EUSTACHE.

Cruelle, adieu! L'honneur me défend de pleurer.

SCENE VII.

EMILIE EUSTACHE.

EUSTACHE.

C'EST vous qui l'égorgés.

EMILIE.

N'accuse que son crime.
Tu peux à ton pays reprocher sa victime?
N'es-tu donc point mon fils!

EUSTACHE.

Suis-je moins son époux?
Etoit-ce, étoit-ce à vous d'accélérer les Coups?

EMILIE.

Mon fils, feroit-ce à toi de condamner ta mere,
D'avoir rempli si bien un devoir néceffaire?
Imite ton épouse, ose aussi m'outrager;
De quel droit prétend-tu, traître, m'interroger?
La Patrie avant moi la jugeoit condamnable:
Pour ne le plus paroître, il me fera coupable!
Je me justifierai quand je devrois punir!
Choisis qui de vous deux me veux-tu voir hair?

EUSTACHE.

Prodige de constance où mon esprit s'égare!

Je fuis né vertueux, mais ne fuis point barbare.
Oui, mon cœur en fecret a dû la condamner,
Je dois fouffrir fa mort, & non pas l'ordonner;
J'abjure ces honneurs où la gloire vous nomme,
Si pour être un Héros, il ne faut plus être homme.

EMILIE.

Je ne fçais qui retient ma trop jufte fureur;
Je ne le fçais que trop..... La caufe eft dans mon
    cœur.
Puis-je enfin efpérer qu'une mere odieufe
Obtienne encore de toi?...

EUSTACHE.

              Demande injurieufe!
Ma mere, vous doutez des fentimens d'un fils.

EMILIE.

Je te fuis chere encor......

EUSTACHE.

           Dieux! Si je vous chéris?...

EMILIE.

Fais le voir à l'inftant.

EUSTACHE.

          Parlez, ma main eft prête.

EMILIE.

Il me faut dans ce jour apporter une tête;
Tiens.... Tu n'as point tremblé..... Reçois donc
    ce poignard.
La victime......

                      C iij

EUSTACHE.

Parlez.

EMILIE.

Choifis......

EUSTACHE.

C'eft Edouard.

EMILIE.

Mon cœur te le nommoit: il faut ce facrifice,
Mon fils, c'eft au combat que je veux qu'il périfle.
Je ne veux point qu'en traître attentant à fes jours
De fa fécurité tu prennes du fecours;
Tout François eft armé pour le Patriotifme,
Et dans l'affaffinat ne voit point l'héroïfme.
Si tous nos Citoyens foibliffent en ce féjour,
Vas fauver ta Patrie & venger ton amour.
Rentrons.

EUSTACHE.

Oui, j'y mourrai: ce feul efpoir m'attire;
La mort n'eft point horrible au cœur qui la défire.

Fin du fecond Acte.

ACTE III.

SCENE PREMIERE.

JEAN DE VIENNE, EMILIE, SOLDATS.

EMILIE.

Seigneur, où courez-vous?

JEAN DE VIENNE.

Je vais chercher la mort,
J'ai trop long-tems souffert cet outrage du sort.

EMILIE.

Quoi, seul & sans secours!

JEAN DE VIENNE.

J'ai pour moi, mon courage,
Leur honte, ma fierté, mes exploits & mon âge.
Qu'ils répandent des pleurs, ces illustres guerriers,
Par des femmes vaincues, qu'ils restent à leurs pieds.
Jamais je ne connus ces indignes allarmes,
Vertu, tes seuls malheurs faisoient couler mes lar-
mes!
Qui vainquit soixante ans l'Anglois & le Destin,
Doit mourir en Héros les armes à la main:
J'y cours. Lâches Soldats: allez dire à la France,

» Jean de Vienne combat, meurt en notre préſence :
» Timides ſpectateurs d'un auſſi beau trépas,
» Aucun pour l'imiter n'oſa ſuivre ſes pas.
Adieu, tombeaux ſacrés! Adieu, chere Patrie,
Par ce dernier combat ſouviens-toi de ma vie.

EMILIE.

Quel trouble émeut mon âme! Ah! Seigneur, arrêtez !
Eh ! Dieux ! vous oubliez quels coups vous me
        portez.
Ce trépas deshonore, avilit ma famillle.

JEAN DE VIENNE.

Qu'oſez-vous dire?

EMILIE.

                    Il eſt le crime de ma fille;
C'eſt elle qui verſa ſes larmes dans les cœurs,
Et bientôt les glaça de ſes foibles terreurs.
Ah! Seigneur, croyez-en Emilie & ſon zéle.
Même dans ſes erreurs le François eſt fidèle:
Tout ſe peut réparer, au ſeul nom de l'honneur;
Vous entendrez gémir & palpiter leur cœur.
Hommes dans leurs vertus, coupables ſans baſſeſſes;
S'ils n'étoient que François, ils ſeroient ſans foi-
        bleſſes;
Parlez-leur de leur Prince & je vous répons d'eux.

Aux Soldats.

La honte vous retient, Citoyens malheureux;
Quelle erreur ! ce heros vous pardonne & vous aime:
Armez-vous. Il eſt grand de s'accuſer ſoi-même:
On faillit trop ſouvent, on ſe répent trop peu,
La honte eſt dans le crime & non pas dans l'aveu.
Seigneur, voyez leurs yeux, & liſez dans leurs ames,
Ils expieront leur faute, & celle de leurs femmes.
Mais puniſſez Julie.

JEAN DE VIENNE.

Exemple des vertus,
A tant de dignité que d'hommages font dûs !
Il faut venger l'Etat, & servir Emilie.
Qu'on s'affemble, Soldats, qu'on amene Julie ;
Que l'Anglois de fa mort frémifle dans fon camp ;
Offrons-en le fpectacle à fon perfide amant.
Allez.

SCENE II.

EMILIE, JEAN DE VIENNE.

JEAN DE VIENNE.

JE crains encor. Le deftin de la France
Avec nos ennemis eft trop d'intelligence,
Oferont-il tenter de fublimes travaux,
Que voit avec effroi l'œil même des Héros ?

EMILIE.

Ah ! Seigneur, il fuffit que chacun vous contem-
      ple.
Mais, s'ils doutoient encor à fuivre votre exemple ;
Tous méritent la mort ; empêchons que Calais
Soit autant qu'un Trophée, un afyle aux Anglois :
Tournez contre nos murs ces falpêtres terribles,
Qui tonnant dans vos mains nous rendoient invin-
      cibles :
Cette mort ne pourra couvrir leur lâcheté ;
Mais ils mourront au moins avec leur liberté.

JEAN DE VIENNE.

Madame, fongez-vous que la feule Patrie
A droit de prononcer fur la mort & la vie.
Si j'ai quelque pouvoir je le tiens de la loix,
Quand je punis un crime, elle juge avant moi:
Le défaut de courage eft moins crime que tache;
La honte, & non la mort, fert de fupplice au lâche.
Si toujours revoltés & contens de fervir,
Eux-mêmes à l'Anglois aident à fe trahir,
Je marche aux ennemis & défends de me plaindre:
Si la mort eft un mal c'eft pour qui peut la craindre.
L'Etat ordonnera du fort de Citoyens
Trop dignes de leurs fers pour être encore les miens,
Mais le Peuple s'avance & j'apperçois Julie.
Faut-il que tant d'appas cachent tant d'infamie?

SCENE III.

JULIE, JEAN DE VIENNE, EMILIE, SOLDATS, PEUPLE DE CALAIS, LES DEUX FILS DE JULIE.

JEAN DE VIENNE.

PUIS-JE lever les yeux? tout ici me confond;
Ingrats, m'avez-vous fait un assez grand affront?
Quel forfait peut en moi vous faire méconnoître
L'objet de vos respects & votre ami peut-être?
Mes vieux ans à l'opprobre ont été condamnés;
J'allois mourir pour vous, & vous m'abandonnés.
Je devrois..... Mais vous tous me nommiez votre
  pere,
Ce souvenir trop cher désarme ma colere:
Je parle à des François, vous vous nommiez mes
  fils;
Il m'en couteroit trop de vous avoir haïs.
Oui, tout est oublié; vous fûtes trop sensibles
Punissez-en l'Anglois, qu'il vous trouve invincibles;
Mais tout coupable auteur d'une rébellion,
Ne mérita jamais la faveur d'un pardon.

JULIE.

Seigneur, je vous entends: vous connoissez mon
  crime,
Mon époux & l'Etat veulent une victime.

Talbot n'est point venu, je n'ai donc plus despoir ;
Si j'en avois, ce fut celui de le revoir.
Ma mere......

EMILIE.

Eh! laisse-moi, cruelle! Un nom si
tendre .
Ne sert qu'à t'accuser au lieu de te défendre.
Toujours nommer Talbot, mourir en le nommant,
C'est-là, m'associer, barbare, à ton tourment.
Par toi le deshonneur entre dans ma famille,
Tu m'ôtes la douceur de te nommer ma fille.
Quoi! tu verses des pleurs! Il en falloit verser
Pour éteindre des feux trop prompts à t'embraser.
Je m'attendris, moi-même... Ah! c'est un crime encore
Dont il faut te punir puisque Talbot t'adore,
Plus je te chérissois, plus ton forfait est grand,
Meurs du moins sans foiblesse & m'oublie en mou-
rant.

JULIE.

Ciel! Que m'ordonnez-vous? La bouche de Julie
Dira pour dernier mot le doux nom d'Emilie.
Peuple, qui m'écoutez, témoins de mes douleurs;
Gardez-vous de mêler vos larmes à mes pleurs:
Mon trépas vous absout, mais vengez ma mémoire;
J'aurai de tout mon sang payé votre victoire.
Oui Talbot m'adoroit, je ménageois ses feux:
Je dois mourir! l'Ingrat n'a point rempli mes vœux.

(Elle se met à genoux.)

Adieu, chers Citoyens, & vous qui m'êtes chere
Que je n'ose nommer, adieu; vivez, ma mere.
Que l'on frappe: Arrêtez..... trop tendre souvenir!
Ne les verrai-je point, avant que de mourir?
Accordez-moi, Seigneur, une derniere grace,
J'ai deux fils, qu'en mourant leur mere les embrasse;

(Elle apperçoit dans la foule du Peuple ses enfans.)

Que vois-je? ô Dieu!... C'eſt eux! Et que venez-
  vous faire?

(Elle court à eux.)

Sans guide, chers enfans ; vous cherchez votre
      mere,
Votre oreille bientôt n'entendra plus ma voix ;
Embraſſez-moi, mes fils, pour la derniere fois.
Vous pleurez mon trépas! Je vous étois donc
    chere.
Puiſſiez-vous de ſitôt ne point pleurer un pere!
Peut-être, hélas! bientôt, timides Orphelins,
Aurez-vous à rougir de vos affreux deſtins ;
Peut-être plus encor d'une mere coupable.
Tout juſqu'au ſouvenir, me rend-il haïſſable?
Adieu! trop chers objets ; arrêtez. Quelle horreur
Irrite mon tourment & déchire mon cœur!
Je ne puis les quitter, où qu'on me les arrache.
Quoi! pour ne les point voir une mere ſe cache!
Emilie ; ah! du moins ſur ces fils malheureux,
Daignez pour un moment, daignez jetter les yeux.
Quittez-moi, mes enfans ; vous voyez votre mere ;
Allez, par vos ſanglots fléchiſſez ſa colere.
Quoi! je me ſens preſſer de vos bras innocens!
Laiſſez-moi pour mourir reprendre au moins mes
      ſens....
Quelle image, grands Dieux! vient me troubler
    encore?
Je vois en eux les traits de l'époux que j'adore ;
Mes fils dans ces baiſers, portez-lui mes adieux,
Je l'aimois ; je me meurs ; ôtez les de mes yeux.

SCENE IV.

JEAN DE VIENNE, EUSTACHE,
EMILIE, JULIE, SOLDATS,
PEUPLE DE CALAIS, LES
DEUX FILS DE JULIE.

EUSTACHE.

DIEUX! Quel spectacle ici se présente à ma
    vue!
Quelle secrete horreur en mon ame éperdue!
Pour qui cet appareil?

JULIE.

        Peux-tu le demander?
L'instant étoit venu, pourquoi le retarder?
Adieu! Quoi tu gémis? Un époux me regrette,
Je t'aurai vû, du moins je mourrai satisfaite.
Emmene loin de moi ces gages précieux,
Fuis, toi-même: Veux-tu que je meure à tes yeux,
Que leurs cris innocens redoublent mon supplice,
Que sur eux, & sur toi tout mon sang rejaillisse?
S'ils te parlent de moi, chéris leur souvenir:
Fais-les me plaindre, au moins ne m'en fais point
    haïr.
Fuis moi.

EUSTACHE.

    Dieux! la pitié l'emporte sur la haine.
Que dis-je? Oui, l'Amour, l'Amour seul fait ma
    peine.

L'Anglois, de ce trépas, tranquile Spectateur,
Verra donc à la fois sa honte & mon malheur?
Je ne l'excuse point, l'Etat veut son supplice:
Mais, veut-il qu'en ces lieux mon épouse périsse?
Mais, en la punissant, me faut-il outrager?
C'est aussi me punir, & sur moi se venger.
Si jamais cette main eût part à la victoire,
Elle m'acquit des droits, ce sont ceux de ma gloire:
Je ne souffrirai point qu'un trépas odieux
Ait l'Anglois pour témoin, & pour scène ces
  lieux.
Pour l'honneur de l'Etat cachons par le silence
Le nom de tout Sujet indigne de la France.

JEAN DE VIENNE.

J'accorde cette grace, Eustache, à vos exploits,
Auprès de moi toujours la valeur eût des droits:
Que dans une Prison la mort enseveliffe
La honte d'un époux, son crime, & son supplice.

JULIE.

Qu'on m'y conduise. Adieu , fidèle & tendre
  époux;
Sur ces foibles enfans n'étend point ton courroux:
Si dans eux quelquefois tu crois voir mon image,
Ne les en punis point, prens pitié de leur âge:
Ne déteste que moi,

EUSTACHE.

     Je voudrois le pouvoir.
Que dis-je? Ai-je la force, hélas! de le vouloir?
Cher & cruel objet, dont l'aspect me déchire,
Est-ce à toi d'accuser un époux qui soupire?
Au Citoyen, en moi ton crime fait horreur,
Mais ce crime, l'époux ne le nomme qu'erreur;

Mon esprit tour-à-tour & s'éclaire & s'abuse,
Tantôt il te condamne, & tantôt il t'excuse:
Sur le sort de tes fils cesse de m'attendrir,
Que pourrai-je pour eux? Je vais bientôt mourir!

JULIE.

Tu me réservois donc ce dernier coup, barbare?
Ils nous réuniroient, si la mort nous sépare:
Je t'aimerois dans eux. Mais non, mon triste amour
Te fait haïr mes fils, & toi-même, & le jour:
Tu rougis des liens rompus dans l'infamie.
Eh bien, dans cet instant arrachons-leur la vie;
Prévenons les regrets de deux infortunés,
Par leur mere à l'opprobre à jamais condamnés:
Prend toi-même un poignard.

EUSTACHE.

Quels transports détestables!

JULIE.

Quel crime qu'après toi laisser deux misérables!

EUSTACHE.

Pourrois-tu les frapper?

JULIE.

Peux-tu, toi, les quitter?
Le coup est trop affreux pour oser le tenter.
Non, non, vous n'aurez point pour bourreau votre
mere.
Pleurez, mes fils, tombez aux pieds de votre pere;
Et s'il s'arrache à vous pour marcher au trépas,
Que vos corps écrasés marquent par-tout ses pas.

Les Enfans embrassent les genoux de leur Pere.

EMILIE.

EMILIE.

Cessez de vous armer contre lui de leurs larmes.
Il n'a que trop connu le pouvoir de vos charmes.
A quoi bon tant de pleurs? Comment accordez-
    vous
De chérir tant les fils & de trahir l'époux?
Il lui faut ton courage, & vous voulez l'abbattre;
Ces momens seroient mieux employés à combattre.
Déja le jour paroît..... S'il meurt dans le combat
Que craignez-vous? Vos fils pour pere.... auront
   l'Etat.

JULIE.

Oui, vous me rassurez: je n'ai donc plus à vivre;
Conduisez-moi, Soldats, je suis prête à vous sui-
   vre:
Adieu, ma mere, adieu, j'aurai vengé la Loi.

EUSTACHE.

Que faire?

JULIE.

Vivre encore.

EUSTACHE.

         Et pour qui?

JULIE.

         Pour ton Roi.
Retirez-vous, mes fils: votre foible présence
Contre un pere avec moi seroit d'intelligence.

D

SCENE V.

JEAN DE VIENNE, EUSTACHE, EMILIE, SOLDATS, PEUPLE DE CALAIS.

EUSTACHE.

QUEL mouvement secret, s'éleve dans mon
    cœur ?
Triste pressentiment n'aigrit point mon malheur :
Laisse-moi voir dans elle un objet détestable,
Bien plus qu'envers moi-même, envers l'Etat cou-
    pable,
Peins-moi Talbot heureux, les Anglois triomphans.
Dieux ! Mon cœur ne la voit que pleurant ses en-
    fans.
Peut-être en ce moment, déja le fer s'apprête ;
Je la vois à genoux, je vois tomber sa tête....
Où courez-vous, mes fils, vous reculez d'horreur,
Venez de ce Sang même abreuver ma fureur ;
Je veux rendre le sort envieux de ma rage,
Etes-vous prêts, Soldats, commençons le carnage.

EMILIE.

Arrête ! fils indigne, & reconnois ma voix :
Respecte ici ton maître, & ta mere, & les Loix ;
          (*Elle lui arrache son épée.*)
Rends-moi ce fer, présent que t'a fait ma tendresse ;
Il doit venger l'Etat, & non pas ta foiblesse.
Ces François voudroient-ils t'admettre au milieu
    d'eux

Moins brave & Citoyen, qu'Amant & furieux ?
Où le Héros combat, l'homme doit disparoître :
Dois-tu mêler ta cause à celle de ton maître ?
Il est assez sans toi d'illustres combattans,
Vás pleurer ton épouse, & plaindre tes enfans.

EUSTACHE.

Ma Mere, à votre voix quel nouveau jour m'éclaire!
Ouvrez enfin, Seigneur, cette noble carriere :
L'honneur reprend ses droits, & s'il sembla vaincu
C'étoit pour mieux briller, après s'être rendu.

EMILIE.

François, pardonnez lui. S'il vous offre sa vie,
Agréés tout son sang, c'est le sang d'Emilie.

JEAN DE VIENNE.

Les momens nous sont chers, le délai vous abbat ;
L'honneur, François, l'honneur ; c'est le mot du
combat.

SCENE VI.

UN HÉRAULT D'ARMES ANGLOIS, EMILIE, JEAN DE VIENNE, EUSTACHE, PEUPLE DE CALAIS, SOLDATS.

LE HÉRAULT.

Seigneur, & vous, Guerriers, livrez-vous à la
    joie;
De la part de son Prince ici Talbot m'envoye.
Mon Maître avec la Paix vous rend la liberté:
Il n'offensera plus l'honneur par ce traité.

JEAN DE VIENNE.

Je n'oserois penser qu'un dessein sanguinaire
Pour nous perdre abusât de votre caractere:
Ministre de la Paix, cet emploi révéré
Est d'autant mieux vengé, que plus il est sacré:
Se soupçonner trompé, c'est mériter de l'être:
Je juge par mon cœur du cœur de votre Maître.

EMILIE.

Non, Seigneur, acceptez la Guerre & non la Paix;
Il flate d'une main, l'autre enfonce des traits:
Les traitres sont pour lui le plus sûr stratagême:
Qui peut les proteger peut l'être aussi lui-même.

LE HÉRAULT.

Ne nous accusez point, François, de trahison,

Talbot viendra dans peu détruire ce soupçon,
Et comme cette Paix de lui seul est l'outrage
Il veut entrer lui seul, & vous servir d'otage.
Il m'a dit en partant que dans une heure au plus
Il viendroit rendre hommage à d'illustres vertus.

Il se retire.

SCENE VII.

JEAN DE VIENNE , EUSTACHE, EMILIE, SOLDATS, PEUPLE DE CALAIS.

EUSTACHE.

Qu'entens-je? Je crois voir mon épouse
            sanglante
Me crier tristement qu'elle étoit innocente;
Talbot va revenir; s'il en est encor tems
Pour cette heure, Seigneur, différez ses tourmens;
Envoyez un Soldat.

JEAN DE VIENNE.

        J'accorde sa demande.

EUSTACHE.

Vole, Soldat; reviens, dis que tout se suspend;
Ah! ma mere, excusez ces timides transports,
Je ferois contre moi d'inutiles efforts.
Oui, je suis Citoyen; oui, ma noble furie
Versa plus d'une fois mon sang pour la Patrie;
Mais, le Héros est moins le Soldat valeureux
Que l'homme bienfaisant qui plaint les malheureux.

EMILIE.

Vas! le Héros n'est point généreux par foiblesse,
Et sa pitié n'est point une lâche tendresse :
Les seuls infortunés ont droit à ses bienfaits;
Il ne s'y garde pas des intérêts secrets.
Sous le prétexte heureux de plaindre l'innocence,
Ton amour avec art ménage sa défense :
Mais, ce Soldat revient.

LE SOLDAT.

Regrets trop superflus!
Votre épouse.....

EUSTACHE.

Il gémit, acheve.

LE SOLDAT.

Elle n'est plus.

EMILIE.

J'attendois que tes pleurs par un nouvel hommage
Fissent à ma fierté quelque nouvel outrage :
Ce n'est point que je veuille irriter ta douleur,
Mais je dois éprouver mon fils par le malheur.
Sans doute ta Julie est morte criminelle,
Pourrois-tu regretter une épouse infidelle ?
Si la fausse apparence a sur nous prévalu...
Plaindrons-nous qui conserve en mourant sa vertu?
Son ombre illustre alors, jalouse de sa gloire,
S'irrite que tes pleurs offensent sa mémoire
Comme elle aime l'Etat, combats pour l'imiter;
Ce sera dignement, mon fils, la regretter.....
Mais, c'est trop me flatter d'une fausse innocence.

EUSTACHE.

Embraſſez pour un tems cette douce eſpérance.
François , ſi nous devons à ſes vertus la Paix
Nous pourrons conſacrer ſa mémoire à jamais.
Allons attendre, amis, ce moment déſirable;
Ciel! Si vous vous montrez pour nous plus favo-
    rable
Pour mieux nous accabler, n'allez pas nous trom-
    per :
Ceſſez de nous haïr en ceſſant de frapper.

Fin du troiſiéme Acte.

ACTE IV.

SCENE PREMIERE.

JEAN DE VIENNE , EUSTACHE, EMILIE, SOLDATS, PEUPLE DE CALAIS.

JEAN DE VIENNE.

LE signal eſt donné : nous touchons donc à l'heure
D'éprouver à la fin la fortune meilleure.
François, vous le voyez ; les droits de la valeur
Sont d'être reſpectée au milieu du malheur.
Vous, Euſtache ; ceſſez de pleurer une Epouſe ;
Du plus foible ſoupir la Patrie eſt jalouſe :
Lorſque vers la priſon vous dirigiez vos pas
Alliez-vous donc preſſer un cadavre en vos bras ?
Le frete de Julie y mit ſeul un obſtacle,
Il dut vous épargner un ſi triſte ſpectacle :
L'Etat peut-être encore aura beſoin d'appui.
Un Héros doit par-tout, en tout temps être lui;
Mais, Talbot vient.

SCENE II.

TALBOT, JEAN DE VIENNE, EUSTACHE, ÉMILIE, SOLDATS, PEUPLE DE CALAIS.

JEAN DE VIENNE.

SEigneur, quel deſtin favorable
A fléchi d'Edouard le courroux implacable ?
Eſt-ce vous, qui charmez de nos nobles travaux,
Etes le protecteur d'un Peuple de Héros ?

TALBOT.

Politique François, dont la douceur trompeuſe
Se pare des dehors d'une candeur heureuſe,
Oui, je vous ai ſervi ; mais ſans moins vous haïr ;
Je n'ai rien fait pour vous, je n'ai fait qu'obéir.
Edouard vous accorde une paix honorable :
Mes vœux l'avoient trouvé d'abord inexorable ;
Mais le tardif Philippe & cent mille François
Hier encor tentoient de délivrer Calais :
Vous nous vouliez combattre, & le feu de la rage
Vainquit plus d'une fois le ſang-froid du courage ;
J'ai ſçu croître à ſes yeux ces dangers prétendus,
Et pour mieux l'émouvoir j'exaltois vos vertus.
Je viens enfin, moi-même, acquitter ma promeſſe ;
Sans doute je devrois rougir de ma foibleſſe ;
Mais l'innocence ici n'eſt-elle point aux fers ?
Finiſſons les tourmens qu'elle a déja ſoufferts.
Je ſuis votre rival, & j'adore Julie
Euſtache ; les vertus même d'une ennemie

E

Ont droit de captiver ma sauvage fierté ;
Mon cœur en l'écoutant oublioit sa beauté ;
Je partageois pour vous ses sensibles allarmes,
J'appuyois en secret ses raisons de mes larmes ;
J'ai senti du respect l'amour même s'armer ;
Que dis-je ? enfin j'allois finir par vous aimer.
On nous surprend ensemble : incapable de trouble
En ces affreux momens sa tendresse redouble ;
Loin de sacrifier à ses jours un époux,
Même en allant aux fers elle parloit pour vous,

EUSTACHE.

O Dieux !

TALBOT.

Je ne suis plus cet ennemi farouche
Que jamais la clémence ou la vertu ne touche.
Mais un rival ami, respectueux, vaincu,
Qui fait de son amour hommage à la vertu.
Vous ne répondez rien : faites venir Julie,
Moi-même briserai ces nœuds de l'infamie
Dont vous avez chargé ses innocentes mains :
Craignez-vous de hâter des momens plus sereins ?
Ingrats, étoit-ce ainsi que sa noble tendresse
Pour défendre vos jours attaquoit ma foiblesse ?
La croiriez-vous coupable ?... Oseriez-vous douter ?...

EUSTACHE.

Ah ! Talbot, vos discours me l'ont fait souhaiter,
Remords, vautours affreux, justes vengeurs du crime,
Venez me déchirer : je suis votre victime,

TALBOT.

Qu'entens-je ? Pour sauver ses jours,

EUSTACHE.

                              Il n'est plus tems.

TALBOT.

Farouches ennemis, trop barbares tyrans,
Suffit-il qu'à nos yeux quelqu'objet soit aimable
Pour qu'aux vôtre il soit un objet haïssable?

JEAN DE VIENNE.

Et ne suffit-il pas qu'un lâche déserteur,
Aille dans votre camp vous vendre son honneur;
Pour que de votre Roi confident mercenaire
Il soit de ses secrets digne dépositaire?
Quel est le plus coupable? Ou nous, de qui les pleurs
Honorent l'innocence, & vengent ses malheurs;
Ou lui, qui pour creuser sous nos pas un abime,
Chérit les criminels & profite du crime?

TALBOT,

Mon Maître selon-vous devroit donc rejette
Des offres que trop cher il ne peut acheter,
Voulez-vous que sa foi saintement ridicule,
S'il est chez vous un traître, ait pour lui du scrupule;
Le principe des Rois, c'est le sort du combat,
Et leur religion est la raison d'Etat;
Mais, vous, sans l'écouter, sur la seule appatence,
Vous avez par le fer égorgé l'innocence.

JEAN DE VIENNE.

Talbot, quand il s'agit du sort d'un Peuple entier,
C'en est trop d'un soupçon contre un particulier.
Parlons mieux. N'accusez que vous de son supplice:
Employant à la fois la force & l'artifice,
Vous-mêmes, malgré nous, nous rendez défians:

Le Pere sans terreur ne voit plus ses enfans;
Parjures sans remords, sans honte sacrileges.
On redoute bien moins vos armes que vos pieges,

EMILIE.

Seigneur, c'est devant lui trop vous justifier,
L'un & l'autre peut-être iroit à s'oublier.
Ce qu'on a fait, Talbot, on crut le devoir faire;
Si ma fille a péri, pour juge elle eut sa mere.
Etes-vous donc venu pour nous interroger?
N'avons-nous point un cœur? C'est à lui de juger,
Soutenez mieux vos droits & votre caractere,
Quelle paix offrez-vous?

TALBOT.

Une paix sanguinaire.

EMILIE.

N'importe, si l'honneur permet de l'accepter,
Pour sauver sa Patrie on ose tout tenter.

TALBOT.

Combien tu te repens de ta foible elémence!
Toi-même, lâche Amant, as détruit ta vengeance;
Ecoutez votre Arrêt. Pour changer votre sort,
Il faut que d'entre vous, quatre souffrent la mort;
A peine en notre camp leurs sentences sont prêtes;
Nous-mêmes sous vos yeux verrez tomber leurs têtes,
Ils ne répondent point, ils ont déja tremblé.

EUSTACHE.

Dieux, tous; s'il le falloit, auroient déja parlé,
Quel calme rend la paix à mon ame agitée?
Des plus nobles désirs je la sens transportée.
Où suis-je?... Je crois voir ces Héros généreux

Que la France a placé au rang des demi-Dieux.
Les Couci, les Lisois; noms sacrés pour l'envie.
Me trompez-vous mes yeux ? .... Près d'eux je vois
   Julie.
Ombre illustre, sur moi fixe encor tes regards:
Pour voir couler mon sang descend sur ces remparts;
Que nos noms à jamais soient unis par l'histoire:
Quand je craignois ta mort, je craignois pour ta
   gloire.
Prête tes sentimens à mes chers Citoyens,
Rend-les dignes de moi, rend-moi digne des tiens.
Pardonnez, chers amis, si mon impatience
Me nommant le premier prévient votre vaillance.
Courons, le moindre instant doit être ici compté:
C'est un instant de plus pris sur la liberté.
François, à l'échaffaut si l'on voit de la honte,
Elle est dans le degré par lequel on y monte.
La Patrie elle-même, amis, vous y conduit,
Et la Couronne en main la Gloire vous y suit:
Vous tous qui de mes feux avez l'ame occupée
Aux pieds de ce Héros apportez votre épée.
Vous faut il un exemple ?... O toi, par qui mon
   bras
Repoussa tant de fois & donna le trépas,
Glaive, dont mon Pays, m'arma pour le défendre,
Je te rens teint d'un sang qu'il aime à voir répan-
   dre.
 (*Il met son épée aux pieds de Jean de Vienne.*)
Arme un jour quelque bras avoué par nos Rois,
Dût ce Maître nouveau surpasser mes exploits.
Eh bien ! chers Citoyens, quel sang-froid est le vô-
   tre ?
Quoi respecteriez-vous votre valeur l'un l'autre ?
Qu'importe ? Le premier ici n'est qu'un égal,
Et le dernier nommé du premier est rival.
      E iij

Je voudrois m'abuser... Ma mere, leur silence...

EMILIE.

Quel triomphe pour toi, Talbot! Quelle vengeance!
La voilà donc enfin cette honteuse paix!
Insulte, tu le peux, insulte au nom François.

TALBOT.

Oui, je jouis...

EMILIE.

Non, non : respecte le, barbare;
Redouble de respect, si ma fureur m'égare;
Je les haïrois moins, si tu les condamnois.
Nous les désavouons : oui, je les méconnois,
Qu'ils aillent dans ton camp, qu'ils quittent notre
Ville
Et cachent parmi vous leur lâcheté servile.
De Vienne nous commande, & pour venger mon Roi,
Il suffit à nos murs de mon fils & de moi :
Il nous suffit qu'un jour dans ses fastes l'histoire
Dise, en perpétuant à jamais notre gloire :
» Le dernier combattant que Calais vit mourir
» La garda libre encore à son dernier soupir. «

TALBOT.

Non, non, il n'est plus tems de demander la guerre;
La paix nous venge mieux.

JEAN DE VIENNE.

J'abhorre la lumiere,
Tu vécus trop long-tems : meurs Guerrier mal-
heureux;
Efface au moins leur honte en expirant pour eux.
Trop exécrable affront! jour de honte & de crime!

Tu vois dans moi, Talbot, ta seconde victime.

EUSTACHE.

Ah! Seigneur, mettez-vous votre rang en oubli?

JEAN DE VIENNE.

Ce rang n'est plus le mien, ils l'ont trop avili.
Le guerrier citoyen ne doit rien à sa race,
La gloire du Héros ne tient point à sa place :
Dans un danger d'Etat, qui sçait mourir est grand,
Le lâche est roturier : la valeur fait le rang.

EMILIE.

Ah! si du moins, Seigneur, cette tête héroïque
Rachetoit en tombant la liberté publique :
Sans doute, elle devroit seule égaler le prix
De cent braves guerriers dans un combat surpris.
Mais vous, mourir pour eux! méritent ils ces lâ-
        ches
Qu'on verse un sang si beau pour effacer leurs ta-
        ches?
Mais l'Anglois oublietoit qu'un seul coup des Bour-
        reaux
Peroit, en vous frappant, périr plus d'un Héros ;
Il en demande quatre, & ces cœurs qui s'étonnent
Au seul nom de bourreaux s'allarment & frisson-
        nent :
Vos généreux transports deviennent superflus ;
Ce dévouement pour eux n'est qu'un crime de plus.

SCENE III.

LE BEAU-FRERE D'EUSTACHE,
UN CALAISIEN *le Casque sur la tête*
& la visiere baissée , TALBOT,
EMILIE, JEAN DE VIENNE,
EUSTACHE, PEUPLE DE
CALAIS, SOLDATS.

LE BEAU-FRERE *en ôtant son Casque.*

NE viens-je pas trop tard ? le frere de Julie
Pourra-t-il être admis à vous offrir sa vie ?
Vous ne répondez point... Sans doute, le malheur
Sur un frere tardif poursuit encore la sœur.
Ils m'ont tous prévénu dans cette illustre place.

EUSTACHE.

Ils te l'ont tous laissée.

LE BEAU-FRERE.

Ah ! je leur en rend grace.
Cet ami, le premier m'annonça votre sort,
Et le premier aussi veut me suivre à la mort :
Un instant dans la Ville en porta la nouvelle,
Le même instant ici me voit offrir mon zele.

EMILIE.

Remets nous cet épée, Héros trop généreux
Un jour elle armera tes fils ou tes neveux.

LE BEAU-FRERE.

(Il met son épée aux pieds du Gouverneur, son ami en fait autant)

Ô Patrie, agréés ce premier sacrifice :
La quitter eût été pour mon bras un supplice ;
Mais il faut en ce jour braver de plus grands coups :
Pour vous je la portois, je la quitte pour vous.
Tu gémis, cher Eustache.

EUSTACHE.

Ami tendre & sensible !
Que les Dieux en ce jour rendent mon sort horrible !
Doux noms d'ami, de pere, & de fils, & d'époux !
Mon cœur, pour être à lui, doit vous oublier tous.
Mais puis-je t'oublier, toi que mon cœur adore,
Toi qu'ici chaque objet me représente encore ?
Mes yeux m'offrent par-tout des glaives, des tom-
beaux :
Je dois pour t'imiter, mourir pour tes bourreaux !
Regarde, mon ami, cette mere adorée,
Par un fils plus chérie encor que reverée.
Eh bien ! dans un instant la quittant pour jamais,
Je laisse sa vieillesse aux plus tristes regrets.
Vous vous troublez, ma mere... O trop cheres al-
larmes !
Eh ! laissez-les couler, pourquoi cacher vos larmes ?
Cher ami, je frémis, tout son cœur m'est connu.
Quand il aura tout fait pour l'austere vertu,
Il sera tout à moi... Dieux ! quel tourment j'endu-
re !
Je suis réduit à craindre en elle la nature :
Sa tendresse allarmée enfin s'irritera....

LE BEAU-FRERE.

Ses pleurs...

EUSTACHE.

La connois-tu ?

LE BEAU-FRERE.

Quoi donc ?

EUSTACHE.

Elle mourra.

ÉMILIE.

Tu m'apprens mon de voir.

EUSTACHE.

L'entends-tu ? Je succombe,
Faut-il à vos genoux ?... Ah ! ma mere, j'y tombe,
Eh ! pourrois-je suffire à mes maux, à l'honneur ?
J'ai dû mourir de joïe, & non pas de douleur.
Que puis-je demander ? Tout irrite ma peine,
Cessez de me chérir... Donnez votre haine...
Quels mots j'ai prononcés !

ÉMILIE.

Oui, je veux te haïr,
J'aurai d'un crime au moins alors à me punir.
Non, non ; Je t'aime encor, la nature est plus forte :
Coulez mes pleurs, cédez fierté, mon fils l'emporte,
Releve-toi, mon fils. Eh ! trop cher ennemi,
Dis-moi, que t'ai-je fait pour me poursuivre ainsi ?
Je ne m'en repens point, te suis-je assez connue ?
Ta propre gloire excuse une mere éperdue.
Ma fierté jusqu'ici m'éleva jusqu'à toi,
L'honneur se partageoit entre mon fils & moi.
Peut-être ses jaloux diroient que sans sa mere
Il n'eût point soutenu son noble caractere.

Envieux de mon fils, voyez couler mes plents,
Mais voyez-le mourir & braver mes douleurs.
Qu'il soit seul le Héros; vous faites de l'Hiftoire,
Ne parlez que de lui, taifez-vous fur ma gloire:
Tu le fçais que toujours j'eûs pour guide l'honneur,
Je veux le confulter: égare-t-il un cœur?

EUSTACHE.

Il confervera donc une tête fi chere:
Mais fi le fils en moi ne crains plus pour fa mere,
L'ami s'allarme encor pour les jours de l'ami.
Cher frere, tu mets donc tes neveux en oubli?
A mes malheureux fils tu fervirois de pere,
De leur mere, fans doute, ils chériroient le frere:
Quel fpectacle pour moi, fi je vois fe lever
Sur un ami fi cher.... Je craindrois d'achever.

LE BEAU-FRERE.

Ah! tu me plaindrois moins.... Je fuis moins eftimable
Je mérite la mort.]

EUSTACHE.

Parle.

LE BEAU-FRERE,

Je fuis coupable.

EMILIE.

Qu'entends-je? Ainfi le Ciel veut voir dans fa fureur
Le frere criminel, quand il abfout la fœur.

EUSTACHE.

Que dis tu, cher ami? Quelle faute r

LE BEAU-FRERE.

Ma sœur....

EUSTACHE.

Eh bien ?

LE BEAU-FRERE.

Son crime....

EUSTACHE.

Elle étoit innocente,

LE BEAU-FRERE.

Est-il bien vrai, grands Dieux ?

EUSTACHE.

Ah! crois en un époux
Coupable par devoir & par vertu jaloux.

LE BEAU-FRERE.

O Ciel! ... Apprenez donc...

EUSTACHE.

Parle, vit-elle encore ?
Pardonne cette erreur dans un cœur qui l'adore.
Acheve donc.

LE BEAU-FRERE.

Ami, je m'étois condamné ;
Ma sœur fut vertueuse, ah! je suis pardonné,
Ainsi de l'Etat devenu la victime,
Je meurs pour le venger, non pour laver un crime.
Qu'attendez-vous Talbot ? Pour nous en ce moment
Il n'est que le délai qui puisse être un tourment,

TALBOT.

Où font vos Dévoués? Où donc eſt leur vaillance ?
Il en manque un encor à ma juſte vengeance.

EMILIE.

Garde-toi d'ajouter tes reproches aux miens ;
Je les accablerois, mais toi ſeul me retiens ;
Ils ont contre eux ma rage ; & pour eux ta préſen-
ce ;
Je les hais moins encor que je n'aime la France,
Vertueuſes ſans gloire, & grandes ſans éclat :
Pourquoi nous défend-on de mourir pour l'Etat ?
Hommes, vous redoutiez ſans doute des Rivales
Trop fieres pour un jour n'être que vos égales.
Du moins en nous laiſſant l'opprobre au crime dû ;
Il falloit nous laiſſer l'éclat de la vertu,

SCENE VI.

LE QUATRIEME DEVOUÉ, *le casque sur la tête & la visiere baissée.* LE BEAU-FRERE D'EUSTACHE. UN CALAISIEN, *le casque sur la tête & la visiere baissée.* EUSTACHE, TALBOT, EMILIE, JEAN DE VIENNE, PEUPLE DE CALAIS, SOLDATS.

Le Quatrième Dévoué met en entrant sur la Scene son Epée aux pieds du Gouverneur.

EMILIE.

Mais qui s'avance ici?... Ce Guerrier se dévoue...
Vous quittez votre épée.... Ah ! L'Etat vous avoue,
Que tout repete ici le nom de liberté,
Liberté, nom sacré, du François respecté.
Calais triomphe enfin,... Talbot frémis de rage.

Au quatrième Dévoué.

Pourquoi sous cet airain cacher votre visage,
Citoyen généreux ? Sans doute par vertu
Vous vous faites la loi de rester inconnu.
Peut-être quelque ami, des enfans, une mere ;
Viendroient nous arracher, ou son fils ou leur pere ;
Gardez-vous de parler, cachez votre secret,
Peut-être votre voix ici vous trahiroit.
Le salut de Calais vous prescrit le silence ;
La nature est de trop dans ce jour de constance.

Je les voudrois deja, Talbot, dans votre champ.
Je craindrois po Calais le délai d'un inftant,

TALBOT.

Qu'ils me fuivent. Bien-tôt leurs plaintes doulou-
                    reufes
Porteront dans vos cœurs des allarmes affreufes,

EUSTACHE.

Q se dites vous, Talbot ; qui meurt pour fon Pays
Compte pour des plaifirs des tourmens inouis,
Et la nature alors, incapable de crainte,
S'arme contre elle-même & méconnoît la plainte,
Surpaffez, s'il fe peut, les plus cruels Tyrans ;
Inventez contre nous les plus affreux tourmens ;
Avec votre fureur s'accroitra notre joye.

JEAN DE VIENNE.

Allez, nobles Héros, où l'Etat vous envoye.

EMILIE.

Adieu, mon fils, adieu : je fens naître en mon cœur
Un trop noble plaifir, & trop peu de douleur ?
Je t'aime d'un amour trop grand pour être tendre ;
Mais pour mieux t'élever, je me plais à defcendre,

EUSTACHE.

Partons , amis,

TALBOT.

                    François, vous pourrez acheter
Des vivres, qu'en vos murs vous ferez tranfporter,
Je fens que malgré moi, mon ame vous admire ;
Peut-être, ma fureur avec ma haine expire.
Que dis-je ? O Dieux! Julie eft morte, & je vous plains ;

Non, non, vous meritez de plus cruels deftins ;
Edouard par leur mort a fervi ma colere.
Content que cette paix tienne encore de la guerre,

JEAN DE VIENNE.

Allez, Talbot ; fur-tout refpectez ces Héros,
Ce remede cruel eft pire que nos maux.

Fin du quatriéme Acte.

ACTE V.

ACTE V.

SCENE PREMIERE.

JEAN DE VIENNE, EMILIE, PEUPLE DE CALAIS, *d'un côté du Théâtre; sortent de la Ville,* EDOUARD ET SES GARDES *de l'autre, sortent du Camp des Anglois.*

EDOUARD.

Enfin votre fierté montre un peu moins d'audace,
Dé foutenir mes coups, enfin elle fe laffe.

JEAN DE VIENNE.

Non, non ; Seigneur, ce fer ne quitte point mon bras;
Notre valeur fuccombe & ne vous cede pas.
Si de ce vafte Etat le Ciel m'eut fait le Maitre,
Vous auriez vû Calais, ou vaincre, ou ceffer d'être;
Mais je ne fuis ici que le premier fujet,
Le falut de ce peuple eft mon premier objet;
Et fi de leur honneur je me vois refponfable,
Des jours du moindre d'eux je fuis auffi comptable :
Ils font libres enfin : mais cette liberté,
Pour avoir des douceurs nous aura trop coûté.
Quelle paix ! De quel nom faut-il que je la nomme?
Qui vois-je en vous?

E

EDOUARD.

Un Roi.

JEAN DE VIENNE.

J'y cherche donc un homme,
Qu'ont fait nos Devoués ? Pourquoi vont ils périr ?
De quel crime, Seigneur, pensez-vous les punir.

EDOUARD.

Du vôtre : oui, du vôtre Ennemi politique ;
Tournant à votre honneur l'infortune publique ,
Défendant votre rang , plus que leur liberté ,
Vous immoliez leurs jours à votre dignité.
Aveugles instrumens d'une ame ennorgueillie ,
Ils combattoient pour vous en nommant la Patrie ,
Ils trembloient sous vos loix.

JEAN DE VIENNE.

Et jamais sous vos coups ;
Ecoutez moins le feu d'un injuste courroux.
Qui ! Moi, qui commandai soixante ans des armées
Sous mes ordres par-tout à vaincre accoutumées ;
J'aurois pû m'oublier , & tout sacrifier
Au plaisir peu nouveau d'être ici le premier.
Seigneur, ces cheveux blancs devroient mieux vous
instruire ;
Peut-être auprès des miens cherchez-vous à me nuire.
On a vû , du plaisir de les voir triompher
Mon sang, glacé par l'âge encor se rechauffer.
Ont-ils quelque soupçon : qu'ils terminent ma course
Qu'ils viennent dans mon flanc en épuiser la source ,
Qu'ils frappent ; son destin est de couler pour eux.
Que dis-je ? Je n'ai fait qu'obéir à leurs vœux.
Quand je guidois leur zéle , & bravois votre rage ;

Nous n'avions eux & moi de loi que leur courage :
Je dirigeois les coups, mais eux seuls les portoient ;
Si je formois des plans, ils les exécutoient.
Seigneur, si de fureur votre ame pure & libre
Laissoit à la raison à fixer l'équilibre,
Vous-même vanteriez des Héros, dont les coups
Prouvoient, en vous frappant, leur estime pour
     vous.
Si loin d'être constant & hardi par prudence
J'eusse fait une courte & foible résistance,
Fâché que vos hauts faits manquassent de témoins
Vous me haïriez plus, vous m'estimeriez moins.
Si c'est vous offenser que chercher votre estime,
Seigneur, de mes pareils cette offense est le crime ;
Peut-être à quelque Ville allez-vous vous montrer
Vous pourrez sur vos pas encor me rencontrer ;
Je dois bien-tôt mourir, mais au champ de la
     gloire,
Et mon dernier soupir fixera la victoire.
Mais, ces braves Guerriers vont périr, vous régnez
Et vous n'empêchez point....

E D O U A R D.

     Et vous les en plaignez :

JEAN DE VIENNE.

Non, c'est vous que je plains. Qui cherche la ven-
     geance
Sans doute croit avoir à venger quelqu'offense.
On n'est que trop souvent aveugle en son cour-
     roux,
Prenez garde, Seigneur, de vous venger sur vous.
Pour ternir vos hauts faits il suffit d'une tache ;
Le courage jamais n'offense que le lâche ;
Si l'on voit qu'Edouard le punisse dans nous ;

On a droit à le croire ou moins brave ou jaloux.

EDOUARD.

J'admire avec quel art, & par quel artifice
Vous tentez d'éloigner l'ordre de leur supplice.
A-t-on à votre inçu terminé ce traité ?
On vous l'avoit offert, vous l'avez accepté :
Plus de délais : Soldats, qu'enfin on les amene ?
Content si leur trépas ajoute à votre haine,
Ce n'est point la valeur que dans eux je punis,
Je punis leur fierté, je venge mes amis.

JEAN DE VIENNE.

Eh ! qui sont-ils, Seigneur : des hommes merce-
naires,
D'un Monarque étranger esclaves tributaires ;
Ce sont là vos amis ! qui put trahir son Roi,
A vous-même bien-tôt, pourra manquer de foi.
C'est donner contre vous un exemple, peut-être ;
Ce n'est qu'en nous perdant que fait sa paix un
traître :
Faites-vous des amis, que l'honneur avoueroit,
Que l'estime conserve, & non pas l'intérêt.

EDOUARD.

Est-ce une honte à moi, si contens de me suivre,
Vos Princes, sous mes loix, veulent combattre &
vivre ?

JEAN DE VIENNE.

Non : ne vous flattez pas que leurs foibles tri-
buts
Soient par choix, par respect payés à vos vertus ;
Devenu l'instrument de leur lâche vengeance,

Votre bras à leur haine a prêté sa puissance
Ils vous rendent l'appui de leurs projets honteux,
Ils combattent pour vous & vous servez sous eux.
Vous apprenez aux grands qu'avec un peu d'audace
On peut faire trembler son Maître dans sa Place.
Exemple dangereux, que peut-être vos Rois
Voudront envain un jour combattre avec les Loix.

EDOUARD.

C'est un peu loin, Seigneur, étendre la prudence :
Je veux à mes neveux transmettre une puissance
Qui n'ait pour tout appui que sa propre grandeur,
Et les fasse à jamais respecter du malheur.
On vient : à leur aspect je sens que ma colere
Combat plus foiblement & devient moins severe,

SCENE II.

JEAN DE VIENNE, EMILIE, PEUPLE DE CALAIS, EDOUARD ET SES GARDES; EUSTACHE, UN CALAISIEN, LE BEAU-FRERE D'EUSTACHE, LE QUATRIÉME DÉVOUÉ le *Casque sur la tête & la visiere baissée,* SOLDATS, BOURREAUX.

EDOUARD.

Venez, fameux Guerriers, venez braver mes
  coups,
Et pour servir ma haine irritez mon courroux.

EUSTACHE, *en ôtant son Casque.*

Seigneur, le désespoir brave, mais par foiblesse;
La valeur est tranquille & simple avec noblesse:
Qui brave son vainqueur & pense l'éblouir
Lui-même se trahit.. Il s'excite à mourir.

EDOUARD.

Sans doute ils rougiroient de me devoir la vie;
Croyez-vous de mon cœur la clémence banuie?
Un de vos devoués veut rester inconnu,

On a vû mon courroux respecter sa vertu :
Il est vrai qu'à sa voix dans mon ame attendrie
Un trouble heureux sembloit me demander sa vie,
Que sçais-je ? la pitié l'eût peut-être emporté ;
Le cruel m'accusoit de trop d'humanité.
Edouard, est-ce à toi de te montrer sensible ?
Pour leur mieux ressembler redeviens inflexible ;
C'est moi qui contre vous parle en votre faveur,
L'offensé du coupable est ici défenseur :
C'en est trop : que chacun reprenne enfin sa place ,
Parlez au moins pour vous, demandez votre grace :
La fierté jusqu'ici vous a trop occupez.
Il se tait. Que va-t-il me répondre ?

EUSTACHE.

Frappez,

Cette fausse bonté sert de masque à la haine ,
Et notre trop de gloire ici fait votre peine ;
Plus redoutable ami que féroce vainqueur
Vous défendez nos jours pour perdre notre honneur.
Nous connoissons vos mœurs : dans vous cette clé-
   mence
Tient trop de la vertu pour n'être point ven-
   geance.
Ce seroit vous devoir le salut de Calais,
Mais en bravant vos coups nous craignons vos bien-
   bienfaits.
Qu'ils doivent leur salut à notre seul courage,
Vos dons sont un affront, vos bontés un outrage.
A qui n'est point captif parle-t-on de rançon ?
A qui n'est point coupable offre-t-on le pardon ?
Donnez-nous cette mort que nos vœux vous de-
   mandent.
Hâtez-vous de frapper, nos ayeux nous attendent :

Que leur fang & le mien répandu dans ces lieux
Ecrive leur devoir à nos derniers neveux.
Les peres de leurs fils pour échauffer l'audace
En viendront avec eux reconnoître la place :
Et nos noms répétés à ces héros naiffans
Seront les premiers noms connus de nos enfans!

EDOUARD.

Sois content : ma colere est enfin ranimée,
Elle est par ce délai d'autant mieux rallumée :
Je n'offrois le pardon, que pour mieux vous haïr.

EUSTACHE.

Tu ne fais en cela, cruel, que m'obeïr.

SCENE

SCENE DERNIERE.

TALBOT, JEAN DE VIENNE, EMILIE, PEUPLE DE CALAIS, EDOUARD ET ses GARDES, EUSTACHE, UN CALAISIEN, LE BEAU-FRERE D'EUSTACHE, LE QUATRIÉME DÉVOUÉ *le Casque sur la tête & la Visiere baissée,* SOLDATS, BOURREAUX.

TALBOT.

Vous n'êtes point vengé : que faut-il que je fasse ?
La Reine par ma voix vous demande leur grace :
Mais, Seigneur, leur pardon passe votre pou-
    voir.
Vengez-vous ; votre honneur vous en fait un de-
    voir :
Plus de délai pourroit à vos pieds la conduire.
A votre fermeté ses larmes pourroient nuire.
Qu'il ne soit rien pour eux à vouloir opposer,
Pour elle à demander, pour vous à refuser.

EUSTACHE.

Nous, supplier ! Talbot devoit mieux nous con-
    noître.

G

Acheve, tu nous fers : fois digne de ton Maître.

TALBOT.

Attens moins de ta mort un honneur immortel :
On meurt deshonoré quand on meurt criminel.
L'amour m'avoit furpris, j'adorois fon épouſe,
Seigneur. Victime, hélas ! de fa fureur jalouſe
La vertu la plus pure, égorgée en priſon,
A péri dans ce jour fur la foi d'un foupçon.
Tigre, en portant fi haut ta féroce conſtance,
Tu veux à tes remords impoſer le filence.
Mais, cette ombre chérie emprunte ici ma voix ;
Regarde, c'eſt dans moi fon vengeur que tu vois :
A ton dernier moment je nommerai Julie ;
Tu m'entendras crier, tu meurs dans l'infamie.

EUSTACHE.

Epargne moi, cruel. Falloit-il différer
Ce trépas fouhaité, pour mieux me déchirer ?
Eh ! n'as-tu point pitié de l'état effroyable
Où ta juſte fureur réduit un miſérable ?
Julie, entens mes cris, & vois couler mes pleurs ;
Je ne t'implore plus, chere ombre, mais je meurs.
Mon ombre va bien-tôt s'élever vers la tienne,
Souffriras-tu qu'alors un époux t'entretienne ?
A te fuivre attaché je me verrai haïr :
Au-delà du trépas mon fort eſt de fouffrir.
N'importe, moins que vous elle fera cruelle.
Eh ! réuniſſez-nous, je l'entends qui m'appelle.
Elle prendra pitié de mes cuiſans remords,
Et vous, vous triomphez par mes triſtes tranſports
Sa pitié fuffiroit à ma douleur extrême ;
Malheureux ! je fuis loin de prétendre qu'elle aime.

EDOUARD.

Quel triomphe pour moi ! l'objet de mon courroux
Est moins le Citoyen que le coupable époux.
A ma cause je joins celle de l'innocence,
Je ternis votre mort, j'ennoblis ma vengeance.
Si Julie enfermée encor dans la prison
Pouvoit par moi devoir la vie à leur pardon,
Tous seroient pardonnés ; de ses droits ma justice
Bien-tôt à la vertu feroit le sacrifice.

EUSTACHE.

Dieux ! comme le cruel se plaît à m'insulter,
Eh ! terminez ma peine : est-ce assez l'irriter ?
Tyran qu'avec horreur en ton cœur je pénetre.
Quand tu ne peut tenir, risques-tu de promettre !
Par degrés à plaisirs il aigrit nos douleurs,
Et sa rage pourroit s'attendrir par des pleurs !
Qu'attends-tu donc encor ?

EDOUARD.

Bourreaux, qu'on le saisisse.

EMILIE.

Que vois-je ? vous pleurez, femmes, de leur sup-
    plice.
Respectez ce moment, gardez-vous de troubler
Des ames de héros, peu faites pour trembler.
Femmes à vos epoux craignez-vous de survivre ?
Je pourrai vous donner des moyens de les suivre.
Regardez.

Eustache est à genoux : un Bourreau tient son épée nuë.

TALBOT.

Vous voilà donc enfin à genoux,

Ennemi trop farouche & trop coupable époux,
Le fer est prêt, mourez ; mais dans l'ignominie,
Moins en fils de Calais, qu'en bourreau de Julie.
La honte est en mourant ce que vous emportez.
Que ne vit-elle ?

LE QUATRIEME DEVOUÉ, *dans lequel on reconnoît Julie.*

Eh bien! Barbares, arrêtez.

E U S T A C H E.

Quelle voix !

J U L I E, *après avoir jetté son Casque.*

Cher époux.

E M I L I E.

Ah ! ma fille.

J U L I E.

Ah ! ma mere.

E U S T A C H E.

Mon épouse vivante ?

LE BEAU-FRERE.

Ah ! ma sœur.

J U L I E.

Tendre frere.

JEAN DE VIENNE.

Est-ce bien vous, Julie ?

JULIE.

Ah! je n'ai pû, Seigneur :
Voyant le fer levé commander à mon cœur.
Le corps de ces Soldats à qui je fus remise
Mon frere en est le Chef, & sa vertu surprise,
Se déguisant ma faute & plaignant mon malheur;
Chercha malgré les Loix à délivrer sa sœur.
Le jour à peine alors commençoit à paroître :
Les Soldats par respect le laisserent le maître
Avec quelques amis d'entrer m'entretenir ;
Cet habit & ses soins m'ont secondée à fuir.
C'étoit à moi, Seigneur, de réparer son crime;
Je venois à l'Etat remettre sa victime :
Mais l'aspect d'un époux qu'on alloit immoler,
La parole d'un Roi m'ont contrainte à parler.
Edouard, tiendrez-vous cette juste promesse ?
Ou devrai-je toujours un crime à ma tendresse ?
Vous restez interdit. N'importe : pour l'Etat
Sans doute il suffisoit que l'on se désavouat,
Tout est indifférent pour le sexe & pour l'âge :
On est toujours trop fort quand on a du courage;
Tu voudrois d'un époux me séparer, Talbot;
Et tout nous réunit. Pourquoi ne dis-tu mot ?
Anime les Bourreaux, irrite encor ton Maître :
A ce nouvelle effort tu dois me reconnoître ;
La mort m'est un bienfait....

EMILIE.

Non, tu ne mourras pas ;
Ma Fille ; c'est à moi qu'appartient ce trépas :
Puisqu'enfin à mourir une femme est admise
A l'emporter sur toi l'équité m'autorise.
Mes reproches ont fait autant contre l'Anglois
Que les coups des guerriers, défenseurs de Calais :

Laisse-moi recueillir ces fruits de mon courage ;
Ta valeur m'est contraire & ta pitié m'outrage.
Ma Fille souviens-toi de tes fils innocens :
Ta gloire est de former les cœurs de tes enfans!

JULIE.

Vous m'avez trop appris comme on doit être mere ;
Ils ont pour eux leur nom & les faits de leur pere :
Nés d'un sang valeureux, nés au sein des combats,
Ils seront trop heureux, ils seront bons Soldats.

EMILIE

Combien ta fermeté te rend ingénieuse !

JULIE.

Pour ceder cette mort elle est trop glorieuse.

EMILIE.

Crains-tu de m'illuftrer ?

JULIE.

Voulez-vous m'abbaiffer ?

EMILIE.

Je prétends l'emporter.

JULIE.

Voudrois-je y renoncer ?

EMILIE.

Destin ! Quels ennemis ce jour t'aura vû faire !
Et l'époux & l'épouse, & la fille & la mere.
Je dois suivre mon fils.

JULIE.

Et mon époux m'attend :
Ne nous séparez point dans cet heureux instant.

EMILIE.

Cieux ! c'est trop de faveurs tout mon sang me res-
    semble,
Eh bien ! cruels frappez : nous mourrons tout en-
    semble,
Et la mere & le fils, & le frere & la sœur,
N'auront qu'un même sort ainsi qu'un même cœur,
Cruel Talbot, pourquoi gardes-tu le silence ?
Qui vas-tu réunir ?

TALBOT.

L'Angleterre & la France

Il tombe aux genoux d'Edouard.

Trop braves Ennemis.... Voyez dans moi, Seigneur,
Leur appui près de vous & leur admirateur.
Même en mourant, sur nous remporter la victoire !
Leur abandonnez-vous tous les genres de gloire ?
Tant de vertus ont droit de vaincre & d'étonner :
Qu'avez-vous résolu, Seigneur ?

EDOUARD.

De pardonner.

FIN.

APPROBATION

J'AI lu par Ordre de Monseigneur le Vice-Chancelier, un Manuscrit qui a pour titre *les Déclin François, Tragédie, ou le Siége de Calais*; à Paris ce 3 Décembre 1764.

Signé, PIDANSAT DE MAIROBERT.

www.ingramcontent.com/pod-product-compliance
Lightning Source LLC
Chambersburg PA
CBHW071111260626
47162CB00006B/2293